PAULO ROGÉRIO NUNES

UM OUTRO FUTURO AINDA É POSSÍVEL?

PAULO ROGÉRIO NUNES

UM OUTRO FUTURO AINDA É POSSÍVEL?

Todos os direitos desta edição reservados à Malê Editora

Direção editorial
Francisco Jorge & Vagner Amaro

Um outro futuro (ainda) é possível?
ISBN: 978-65-85893-30-5

Edição e preparação dos originais
Francisco Jorge dos Santos

Revisão
Aní Bárbara, Caetano Portugal, Keila Costa e Louise Branquinho

Projeto gráfico
Agência Amarelo Limão

Promoção
Casé Fala

Diagramação
Mirela Rios

Texto revisado segundo o novo Acordo Ortográfico da Língua Portuguesa.
Proibida a reprodução, no todo, ou em parte, através de quaisquer meios.

Dados internacionais de catalogação na publicação (CIP)

Vagner Amaro – Bibliotecário - CRB-7/5224

N972u	Nunes, Paulo Rogério Um outro futuro (ainda) é possível / Paulo Rogério Nunes. Rio de Janeiro: Malê, 2024. 180 p. ISBN: 978-65-85893-30-5 1. Comunicação e cultura 2. Afrofuturismo I. Título CDD 306.4

Índices para catálogo sistemático: 1. Comunicação e cultura 306.4

malê

Editora Malê
Rua Acre, 83/ 202, Centro. Rio de Janeiro (RJ). CEP: 20.081-000
www.editoramale.com.br
contato@editoramale.com.br

Sumário

Uma outra tecnologia (ainda) é possíve?

Quando os robôs subirem o morro, o que vai acontecer?.................. 31

Discurso de ódio na Internet 37

E se os computadores aprenderem a ser racistas? 41

Conheça o "País Startup" que busca ser o hub digital da África............ 44

Afrofuturismo: o futuro será negro? 47

A nova era da eugenia: biotecnologia, racismo e o perigo de um futuro biologicamente editado.. 51

Uma outra economia (ainda) é possível?

Os desafios para a consolidação do empreendedorismo negro no Brasil 57

Por que Salvador ainda é a capital criativa do Brasil 61

O Brasil precisa do Black Money! 67

Qual o papel do sistema financeiro no combate à discriminação racial?........ 76

Nosso Silício é o Dendê! - com Rosenildo Ferreira 80

Da Senzala para uma Black Wall Street.. 83

O Dia mais longo da história 86

Uma outra mídia (ainda) é possível?

O Poder Econômico da Diversidade no Cinema 95

O dia que Viola Davis fez história no Brasil 98

Pantera Negra aposta na diversidade e entra para a história 101

Grandes anunciantes internacionais alocam verba para investir em mídia negra 105

O investimento em diversidade está diminuindo no Brasil? 109

Homem-Aranha: Através do Aranhaverso e a revolução da diversidade Afro-Latina em Hollywood 113

Filme One Love mostra que Bob Marley foi o profeta dos oprimidos de todo o mundo 116

Um outro mundo (ainda) é possível?

A Etiópia mostra uma África que vai além dos clichês 121

Os desafios da União Africana 130

Cabo Verde: a Wakanda da vida real 136

O que aprendemos com o caso George Floyd? 147

Bálcãs: uma Europa diferente 150

O legado de Abdias Nascimento para o futuro da comunidade afro-brasileira 164

Uma rocha de esperança – Memorial Martin Luther King Jr. 167

O Vale do Silício da Alegria 174

Sobre o Autor

Consultor, estrategista, palestrante, empreendedor serial e autor do livro *Oportunidades Invisíveis* (2019), obra pioneira sobre Diversidade e Inovação no Brasil. É cofundador do Instituto Mídia Étnica (2005), do hub e aceleradora Vale do Dendê (2016), da consultoria especializada em mercados emergentes AFAR Ventures (2018) e da startup de conteúdo AFRO.TV BRASIL (2020). Foi considerado pela revista americana *Rest of the World* como um dos 100 mais inovadores fora do Vale do Silício; e pela organização global MIPAD como um dos futuristas de origem africana mais importantes do mundo.

Paulo foi colunista sobre inovação e diversidade de grandes veículos de comunicação do Brasil e do mundo, a exemplo, da revista *Americas Quarterly* de Nova York, do jornal *Meio e Mensagem* e da revista Exame, no Brasil. Além disso, palestrou em grandes eventos globais, como o SXSW e o Obama Foundation Summit, onde foi o palestrante convidado pelo ex-presidente Barack Obama para celebrar a abertura da Obama Foundation, em Chicago.

Publicitário, graduado em Comunicação pela Universidade Católica, com especialização em Política e Estratégia pela Universidade do Estado da Bahia, hoje é professor convidado da Fundação Dom Cabral e da PUC Minas para cursos executivos e de pós-graduação, e integra o casting de palestrantes e consultores da agência de talentos Casé Fala desde 2016.

Paulo Rogério morou nos Estados Unidos a convite do programa *Fulbright H. Humphrey*, onde fez um *fellowship* em Jornalismo e Novas Mídias pela University of Maryland e um estágio pelo programa dentro do MIT Media Lab. Paulo foi também associado – hoje, da rede Alumni – do Berkman Klein Center da Universidade Harvard, um dos principais centros de pesquisas sobre tecnologias do mundo. Ele já participou de conselhos de importantes iniciativas, como a Câmara de Inovação da Federação do Comércio da Bahia, Academia de Letras da Bahia, Pacto de Promoção da Igualdade Racial e o Movimento LED da Rede Globo.

Paulo Rogério atua com várias organizações e governos internacionais na promoção de cooperações econômicas, a exemplo de projetos com as embaixadas da Etiópia e Gana no Brasil e com o Governo de Cabo Verde, nas áreas de turismo, inovação e cultura. Além de ter sido consultor de algumas agências da Organização das Nações Unidas (ONU), como a UNICEF e UNFPA.

A carreira de Paulo Rogério também possui diversas premiações, como a do Movimento Brasil, País Digital; The DreamRunner Award, nos Estados Unidos da América; Prêmio Afro-empreendedorismo Mário Nelson Carvalho, da Associação de Jovens Empreendedores da Bahia; o Troféu Raça Negra, da AFROBRAS; e entrou para o Hall da Fama da organização global Most Influential People of African Descent (MIPAD), que premia os mais influentes afrodescendentes do mundo.

Como estrategista de negócios, tem experiência de pesquisa e trabalho em 25 países. Em suas palestras e consultorias, fala sobre mercados multiculturais, futurismo, ESG e inovação.

Entre as marcas com as quais já desenvolveu projetos, palestras e/ou mentorias, estão a Google, Disney, Spotify, Sony Pictures, Unilever, Bradesco, VISA, SEBRAE, Netflix, dentre outras. RecFoi consultor da Natura & Co. para o Brasil e América Latina, atuando com o CEO da empresa no desenvolvimento do programa Transformação Radical, onde cocriou a estratégia e posicionamento antirracista do grupo, envolvendo marcas como Natura, Avon e The Body Shop.

Paulo Rogério se divide entre Salvador, São Paulo e temporadas em Londres.

Este livro é dedicado à minha filha Ayana Ami.

Por que escrevi este livro?

Ao longo de duas décadas, viajei por vários países e dialoguei com as mais diferentes pessoas em diversos territórios. Vivenciei o dia a dia de culturas distintas, intermediei diálogos entre empresas, governos e indivíduos, criando conexões que promovessem o entendimento sobre diversidade, o que me fez desenvolver uma visão que projetasse um mundo ideal e possivelmente real para os próximos anos – uma visão futurista e inclusiva.

Como uma criança que escreve na infância o seu diário, adotei o hábito de praticar a "escrevivência", no sentido literal, conforme define a imortal Conceição Evaristo. Transformei ideias em artigos para jornais e textos para sites e blogs em verdadeiras páginas de um diário onde os escritos de um menino nascido na periferia deram lugar às narrativas das experiências e da visão de um mundo em constante transformação.

Presenciar o desenvolvimento tecnológico de países africanos, encontrar o primeiro presidente negro dos Estados Unidos, viver no mesmo período em que Abdias Nascimento, morar no Leste Europeu e outras experiências incomuns para uma pessoa negra são registros pessoais que contribuem para a compreensão do mundo em que vivemos.

Os textos do passado são a base para a construção das narrativas e experiências de um futuro presente, e é esta relação que apresento aqui neste livro: ***Um outro futuro (ainda) é possível?*** O entendimento de que o futurismo e ancestralidade são conceitos interligados Os adinkras que ilustram essa capa são, portanto, uma metáfora desse novo mundo possível, onde futuro e passado coexistem.

O livro Um outro futuro (ainda) é possível? é uma retrospectiva das mudanças sociais, econômicas e políticas do mundo nas últimas duas décadas e uma projeção (ainda que apenas com sinais) para os vinte anos que estão por vir. Uma parte desses artigos se deu no período que fui colunista da revista *Americas Quarterly*, de Nova Iorque, quando morei lá. A outra parte inclui minhas colunas na revista Exame e artigos independentes para veículos como *Folha de São Paulo, Veja, Meio e Mensagem*, dentre outros.

Esta obra apresenta, portanto, uma coletânea de textos publicados nestas duas décadas, com linguagens próprias de cada época (com atualizações de dados), uma relação próxima com a sociedade contemporânea e reflexões sobre o atual cenário.

Na minha carreira como articulista e produtor de conteúdo, antecipei debates como o racismo e uso da inteligência artificial, bem como robótica em prol do movimento Black Money (economia afro). Do crescimento do discurso de ódio na internet às ações afirmativas na mídia, escrevi textos em países como Etiópia e Cabo Verde, além de ter me encontrado com líderes importantes que moldaram a política mundial dos últimos vinte anos.

Introdução

Quando aquele ônibus cheio de estudantes baianos de várias faculdades da capital e do interior parou às margens do Rio Guaíba, em Porto Alegre, em janeiro de 2003, para o III Fórum Social Mundial no Brasil talvez a preocupação da organização do evento fosse com a logística de adequar mais uma delegação chegando dos quatro cantos do país e do mundo à capital gaúcha. Porém, para mim (e para muitos outros jovens), não: aquele foi o início de uma jornada de autoconhecimento e conexões improváveis que marcariam a minha vida para sempre.

Hoje, sou conhecido no meu campo de trabalho e reconhecido internacionalmente com várias premiações. Já encontrei grandes chefes de Estado, líderes empresariais e estrelas do entretenimento, além de conhecer 25 países ao redor do mundo. Naquela época, eu era apenas um estudante da Universidade Católica do Salvador, oriundo da periferia e que, pela primeira vez, cruzava uma fronteira terrestre rumo a outro estado do Brasil, com vários sonhos, inquietações e muita curiosidade sobre o mundo.

Porto Alegre não é mais a mesma daquele início dos anos 2000; o Fórum Social Mundial não tem o mesmo prestígio daqueles dias, quando reuniu os principais pensadores do mundo em suas tendas improvisadas; e o mundo, definitivamente, não é mais o mesmo.

Escrevo esta introdução no primeiro semestre de 2024, no meio da maior catástrofe climática da história do Rio Grande do Sul. Várias ruas e locais que sediaram atividades relacionadas ao Fórum Social Mundial de Porto Alegre estão completamente inundadas. Se naquela época o tema das mudanças climáticas ainda era uma agenda de "ativistas ambientais", hoje não é mais possível ignorá-lo, apesar dos discursos negacionistas e das notícias falsas sobre o assunto.

O mundo realmente está em ebulição. Desde quando decidi coletar informações para escrever o livro, dois grandes conflitos bélicos de proporções devastadoras já ocorreram: a guerra Rússia-Ucrânia e o conflito Israel-Palestina, que tomou contornos dramáticos e tem o potencial de nos levar, de fato, à Terceira Guerra Mundial. Sem falar das guerras "silenciosas" que estão acontecendo sem a devida atenção da mídia em países africanos, como o Congo, Sudão, Síria, Iêmen etc. Sim, estamos vivendo tempo difíceis. Nem a pandemia da COVID-19, que paralisou grande parte da humanidade por praticamente dois anos, foi capaz de gerar um senso mínimo de empatia, colaboração e compaixão coletiva. No momento que fecho a introdução do livro, estou vendo na TV o candidato a presidente dos Estados Unidos, Donald Trump, sofrer um atentado, o que pode ter proporções geopolíticas catastróficas, já que se trata da maior potência econômica do mundo.

Nunca, no pior dos pesadelos, imaginaria que vinte anos separariam os meus dias utópicos lá no Fórum Social Mundial (onde encontrei ativistas zapatistas, anarquistas comunicadores, feministas, hackers, ambientalistas e lideranças africanas) da realidade completamente diferente que estamos vivendo.

Claro, não podemos "jogar o bebê fora com a água do banho". Sim, muitas pautas que foram colocadas no Fórum de alguma forma tiveram seus avanços. Destaco aqui os temas ligados ao feminismo e identidade de gênero e à causa que chamávamos na época de "Igualdade Racial". Mesmo com todas as contradições e tentativas de retrocesso, foram temas que tomaram o debate público de uma forma surpreendente para mim.

Ressalto o ponto de inflexão que foi a discussão sobre a morte de George Floyd nos Estados Unidos em 2020, que, junto com a divulgação de como a pandemia afetou desproporcionalmente pessoas negras e pobres, ampliou o debate sobre os efeitos do racismo em todo o mundo. No que diz respeito à causa feminista, devo sublinhar o movimento #MeToo, que, em 2017, gerou uma onda de denúncias por parte de mulheres de todo o mundo com relação aos assédios e atos de violência sexual dos quais têm sido vítimas, especialmente no ambiente de trabalho.

Em linhas gerais, porém, temos de concordar que muito das utopias que tínhamos naqueles anos efervescentes que abriram o século 21 morreram ou passaram por certa ressignificação. De uma crença por parte da sociedade de que os "governos progressistas" resolveriam automaticamente todos os nossos problemas, fomos levados a um entendimento de que os avanços sociais dependem de uma série de fatores, além da qualidade do parlamento e da própria democracia – que foi testada várias vezes no Brasil e em toda América Latina nesses últimos vinte anos, com o surgimento de uma onda global extremista.

Entendemos também que o tema ambiental não poderia – e não pode – ficar restrito às ONGs e ativistas, mas que até mesmo as grandes empresas – muitas delas, causadoras dos problemas ambientais – precisariam criar mecanismos de governança, monitoramento externo e diálogo transparente sobre suas práticas, pois não há um "planeta B": todas as pessoas e os CNPJ estão neste mesmo barco, com sério risco de afundar. Enquanto escrevo este livro, vejo a TV propagar um conceito que até pouco tempo era restrito a ativistas do tema ambiental. A mídia agora já fala em "refugiados climáticos". Inclusive, há um país que já está "migrando" para o Metaverso, pois deve desaparecer. Estou me referindo a Tuvalu, uma ilha no Oceano Pacífico que deve não mais existir daqui a vinte anos, ao menos, não como a conhecemos hoje.

Outro tema que também é objeto deste livro é a internet. Naquela época, movimentos hackers e de mídia independente acreditavam que, quanto mais acesso à internet tivéssemos, mais democracia e vozes diversas emergiriam. Eles estavam certos. Porém, a outra preocupação que trouxeram à época era a de que a internet deveria ser independente e desconcentrada; esta não foi ouvida.

O que temos hoje é que a internet se tornou um lugar onde algumas empresas controlam o fluxo de informação do que vemos, gerando problemas de consequências ainda imprevisíveis. A internet livre que sonhávamos está precisando ser reinventada, pois a tensão regulação x liberdade e a concentração das informações em poucas empresas – quase sempre do Norte Global, ou seja, Europa e América do Norte – têm se tornado um debate muito importante com o surgimento das tecnologias emergentes, como Inteligência Artificial, Internet das Coisas, Web3 (a nova fase da internet), etc.

Não sou contra a participação privada no ecossistema da tecnologia. Muito pelo contrário. Na minha visão, só a iniciativa privada possui a agilidade necessária para implementar os processos de inovação em escala global. As grandes empresas atuam em escala supranacional e são mais rápidas do que qualquer governo local.

    O que se coloca em xeque aqui é a concentração de capital global nas mãos de poucas empresas do setor, as chamadas Big Techs, que ditam as regras do jogo que está mudando em definitivo a forma que vivemos, seja na economia, na política e até nas nossas relações amorosas, sociais e familiares. O mundo é cada vez mais mediado pela tecnologia. Nossos corpos, cada vez mais, fazem parte desse ecossistema – e farão ainda mais com a adoção dos *wearables* (dispositivos vestíveis), como o AI Pin da startup Humanae, implantes corporais (um mal que será quase inevitável, infelizmente) e demais soluções de *HealthTech* (tecnologias para a saúde) e biotecnologia. Mas, para onde vão nossos dados coletados por esses dispositivos? Eles podem ser usados contra nós em algum momento por empresas ou governos? É preciso regulação? Se sim, quem regula os reguladores? Perguntas novas para velhos dilemas da sociedade em uma versão "algoritmizada".

    Este livro é uma síntese das provocações que fiz na jornada de busca pelo conhecimento, guiado pela curiosidade que me levou a lugares inimagináveis. Digamos que ser convidado por Harvard para participar de um dos principais centros de pesquisa sobre o futuro da tecnologia e seus dilemas sociais, o Berkman Klein Center, não é bem parte de um roteiro tradicional de vida de uma criança afrodescendente de pele preta de um bairro pobre de Salvador.

    Lembro como hoje a sensação de sobrevoar pela primeira vez a cidade de Boston, rumo à vizinha Cambridge, ver da janela do voo da empresa United uma cidade toda branca, coberta de neve, e saber que estava chegando à cidade não para ser um imigrante sem documento, mas para trabalhar junto com as mentes mais brilhantes do mundo sobre o tema da tecnologia.

Passou um filme na cabeça ao lembrar das tardes na casa de minha avó brincando com minha tia Tânia Nunes de ir para o "céu": ela fantasiava a viagem aérea ao dar voltas na minha cabeça com um pano branco que, quando puxado, me dava a sensação de estar mesmo em outro lugar. Nessa viagem, custei a entender que não era uma fantasia, mas que estava mesmo nos Estados Unidos como convidado pela mais prestigiosa universidade do mundo.

Minha relação com a tecnologia

Muitos não sabem, mas antes de me tornar publicitário de formação, quando me graduei em 2006 pela Universidade Católica do Salvador, onde anos depois me tornaria professor da mesma graduação, eu estudei o curso técnico de Processamento de Dados, curiosamente com Maíra Azevedo – hoje, a Tia Má –, onde aprendemos tudo sobre a recém popularizada internet, intranet e efetivamente a programar em linguagens, como Visual Basic, Clipper e Delphi. Então, minha primeira profissão foi de técnico em computadores, o que me levou a trabalhar nos primeiros provedores de internet da Bahia com suporte técnico residencial (instalação) e depois como operador de *Call Center / Help Desk*. Em uma dessas empresas, além de dois turnos na semana, eu chegava a trabalhar todos os finais de semana, de 8h até meia-noite, durante anos! Foi somente com esse trabalho exaustivo que consegui juntar recursos para entrar e depois me manter nos primeiros anos da faculdade de comunicação.

Bom, apesar do questionável esforço demasiado pessoal para conseguir "vencer na vida", um dos grandes legados desse período na minha vida foi a vantagem de me conectar com o que havia de mais avançado e sofisticado no mundo tecnológico mundial. Eu era o que hoje se denomina no mundo da tecnologia de *early adopter*, ou seja, aquele que usava tecnologia antes da grande massa.

Consegui usar softwares como mIRC, ICQ e até mesmo o Gmail e Orkut no início, quando ainda se precisava de convite para acessar. Uma dessas tecnologias, vale ressaltar, foi um site pioneiro que teria sido o precursor do Facebook, a plataforma BlackPlanet.com, que reunia pessoas negras, principalmente afro-americanas, em comunidades temáticas.

Lembro-me de ser estimulado a falar inglês justamente para ter a possibilidade de conversar com essas pessoas, cuja cultura já admirava por ter lido com 16 anos a biografia de Malcolm X, por influência do meu amigo Carlos Pita, que já era fã de música, em especial a cultura punk, à época em campanha pela liberdade do ativista negro Mumia Abu-Jamal. Sem me esquecer das músicas dos Racionais MCs, é claro. Ou seja, naquele início dos anos 2000, um novo mundo abria-se para mim com as referências musicais do Hip Hop consciente dos Estados Unidos, como Public Enemy, Dead Prez e Mos Def; do rock, com elementos de cibercultura, como Rage Against the Machine, Massive Attack e Atari Teenage Riot; e claro, da mais tech de todas as bandas brasileiras, Nação Zumbi, que, ao lado do Baiana System, ainda hoje está entre as minhas bandas favoritas.

Poucos anos depois, em 2004, tive a oportunidade de fazer a primeira viagem internacional, quando fui convidado para assessorar uma ONG de comunicação, da qual era voluntário, e participar do Black Media Congress, em Berlim. Ali, um novo horizonte se abriu para mim, pois conheci pessoas de origem africana de várias partes do mundo e me surpreendi com o fato de na Alemanha haver diversos projetos e empresas de mídia negra, sendo que a população negra de lá não chegava à época a dois por cento da população. Na sequência, em 2005, tive a honra de ser convidado junto com Antônio Carlos Vovô, presidente do grupo cultural Ilê Aiyê, para um intercâmbio na Califórnia. Eu, como um jovem recém-egresso da faculdade; e ele, já considerado um grande líder negro brasileiro. Foi ali que conheci o Vale do Silício e o que viria a ser, anos depois, o lugar mais importante do mundo (ao menos até a escrita deste livro) no que se refere à inovação e tecnologia. Foi ali também que conheci Oakland, a "cidade chocolate", grande epicentro da cultura negra californiana, onde surgiu o movimento Panteras Negras.

Dando um salto no tempo, devo lembrar que em 2011, quando já havia dedicado alguns anos junto com meus colegas (na época, estudantes) a criar o Instituto Mídia Étnica e o Portal Correio Nagô, fui selecionado para receber uma das principais bolsas de aperfeiçoamento profissional do mundo, a H. Humphrey da Fulbright, para estudar em uma das melhores escolas de comunicação dos Estados Unidos, a Universidade de Maryland, onde fiz um curso do tipo *fellowship* em Jornalismo e Novas Mídias. Esse fato transformou minha vida para sempre, pois, além de ter aulas com os melhores professores do tema, tive a oportunidade de "estagiar" em duas importantes instituições, o Banco Interamericano de Desenvolvimento (BID) e o então Center for Civic Media do MIT Media Lab. Este último foi um lugar onde conheci tecnologias que só agora estão sendo aplicadas, como reconhecimento facial (com leitura de emoções) e diversas aplicações de robótica.

Do MIT, eu trouxe para o Brasil uma tecnologia que permitia comunidades que não tinham acesso à internet postarem conteúdo em blogs mesmo sem acesso formal, mas por telefones públicos – que já eram raros nos centros urbanos –, os quais eram, muitas vezes, a única forma de comunicação de populações indígenas, quilombolas e ribeirinhas. Com esse projeto, possibilitamos, por meio do Instituto Mídia Étnica, que diversas comunidades de cinco estados brasileiros exercessem seus direitos à comunicação.

Por conta desse projeto, anos depois, fui convidado a apresentar a iniciativa junto com o ativista Rene Silva, do Voz das Comunidades do Rio de Janeiro, em um evento de Harvard. Após conhecer a instituição, prometi a mim mesmo voltar para lá de maneira fixa, o que aconteceu alguns anos depois, ao ser selecionado para fazer parte como associado do Berkman Klein Center, um centro de pesquisa dentro da faculdade de Direito de Harvard. O que me permitiu participar e organizar vários eventos com eles, e em parceria com a pesquisadora Niousha Roshani, em locais como o Chile, onde discutimos os direitos dos jovens no mundo digital. No Rio de Janeiro, realizamos o que talvez seja um dos primeiros eventos do tema "Discurso de Ódio na Internet", reunindo os principais pesquisadores e ativistas que estavam interessados no assunto. Isso em 2013, muito antes da onda atual e extremamente preocupante de narrativas de ódio e das *fake news*, associadas a elas.

Alguns anos depois, voltando ao Brasil, comecei a me conectar com o mundo das startups, ainda embrionárias aqui. Foi meu irmão, Yan Lucas Nunes, que me fez despertar e conhecer melhor esse mundo, me apresentando as principais startups brasileiras e internacionais. Ele mesmo havia trabalhado em uma na Alemanha e, ao voltar para o Brasil, muito empolgado, fundou a sua primeira empresa voltada para a criação de máquinas para reciclagem. Esses elementos todos me ajudaram a pensar o que seria no futuro a Vale do Dendê, cujo nome curiosamente surgiu em uma conversa com Gilberto Gil durante a gravação de um documentário sobre tecnologias junto com o Instituto Mídia Étnica, onde eu disse a ele: "Gil, se os norte-americanos possuem o Vale do Silício, temos de criar um Vale do Dendê aqui na Bahia". Ele amou a ideia e guardei esse nome para utilizar anos depois no batismo do Hub e Aceleradora Vale do Dendê, que hoje já apoiou mais de duas mil empresas e realiza o maior festival de inovação, futurismo e diversidade da América Latina, o Festival Afrofuturismo milhares de l pessoas no Centro Histórico de Salvador.

Em função do meu trabalho com inovação, tecnologia e diversidade, tive a grata surpresa de, depois de quase duas décadas me dedicando ao tema, além de encontrar grandes líderes mundiais (como Barack Obama, dos Estados Unidos, e Jacinda Arden, da Nova Zelândia), ser agraciado com reconhecimentos significativos, como o fato da revista dos Estados Unidos *Rest of The World* me colocar em uma lista com 100 nomes inovadores fora do Vale do Silício, ao lado do criador do TikTok, da China, e do Telegram, da Rússia. Já recentemente, após ser citado em 2018 como um dos afrodescendentes mais influentes do mundo pela Most Influential People of African Descent (MIPAD), foi a vez de entrar em uma seleta lista que destaca os principais futuristas e inovadores de origem africana no mundo. Esses reconhecimentos servem para mim apenas como incentivo para continuar o trabalho de associar o futurismo à lente da diversidade para a construção de um futuro melhor, além de incentivar mais jovens a optarem pelo caminho da educação.

Desafios e preocupações

Hoje, em 2024, as preocupações que antecipamos pouco mais de uma década atrás estão, cada vez mais, evidentes, tendo em vista o complexo cenário que está se formando em dimensões globais com o uso irrestrito da Inteligência Artificial sem a mínima regulação. Preocupa ainda o uso dos dados pessoais por empresas privadas e governos de maneira pouco transparente, bem como os avanços da robótica e da biotecnologia.

O que ainda era um cenário especulativo anos atrás, já é uma realidade das tecnologias. Tecnologias como reconhecimento facial estão sendo usadas em quase todos os prédios comerciais e muitos residenciais; nossas casas estão cada vez mais automatizadas com dispositivos de comando de voz, e nossos corpos, sendo monitorados por relógios e anéis inteligentes, analisando nossos dados vitais. Sem contar que, do ponto de vista prático, quase todas essas empresas estão sediadas em países no norte global, corroborando para o que alguns pesquisadores chamam de "colonialismo/neocolonialismo dos dados". Preciso, portanto, para dar uma dimensão do problema, lembrar aqui um jargão da área de inovação, que é uma verdade: dados são o novo petróleo.

Além disso, não podemos ignorar os aspectos psicológicos de uma sociedade onde principalmente os mais jovens vivem dependentes de filtros de redes sociais, escondendo suas próprias imagens, criando uma espécie de "disforia coletiva de imagem". Além disso, a percepção de realidade é alterada pelos mundos fantasiados por "influenciadores digitais" e artistas que criam simulacros em relação ao mundo real, onde a pobreza é quase uma regra, em especial nos países em desenvolvimento.

Em um futuro próximo, a segurança pública será a área onde a tecnologia avançará ainda mais. Não duvido de um cenário em que robôs entrarão nas comunidades armados para realizar operações de "combate ao tráfico" (ver texto ficcional que abre este livro), vitimando inocentes que, por algum erro, possam ser confundidos com um "perigoso meliante". Esses são cenários a que devemos nos antecipar para combater, em nome do bem comum.

Nos artigos a seguir, algumas dessas tendências e reflexões que fiz nos últimos anos fornecem pistas sobre para onde estamos caminhando. Nos meus textos, como poderão ver, escrevo sobre temas diversos. Economia, Tecnologia, Cultura, Política etc. São observações que fiz e faço pelo mundo, incluindo de minhas viagens nacionais e internacionais. É uma síntese de minha visão de mundo. Não sou necessariamente um especialista em nenhum desses temas, mas, como um observador social – e uma pessoa que ama o diálogo e fazer boas perguntas –, fui coletando na minha carreira um mosaico de informações que me fazem ver o mundo de um ângulo privilegiado, pois pude viajar por 25 países. Minha origem modesta em uma comunidade periférica é o que me fez e faz transitar por vários mundos de maneira quase que "simultânea". O meu dia típico pode incluir uma reunião diplomática, acompanhar um ensaio de um grupo musical, uma consultoria para uma multinacional em um projeto de inovação e até um almoço com alguma liderança política local.

Nos meus textos abaixo trago, mesmo que indiretamente, minhas crenças e valores também, como a crença nas liberdades individuais, economia de mercado com regulação econômica, valorização da diversidade, garantia da liberdade religiosa, dos direitos humanos, justiça social, pluralidade cultural e em formas de governo mais próximas do espectro das políticas do Bem-Estar Social, seguridade social e distribuição de renda. Ao lado disso tudo, minha visão é de que essas reflexões podem ajudar a popularizar o futurismo e os estudos do futuro – uma área muito elitizada e restrita a grandes centros de pesquisas dos Estados Unidos e da Europa. Quero, cada vez mais, levar as metodologias de *foresight*, tendências culturais e construção de cenários para o público geral. Gosto mais de uma perspectiva utópica, porém realista, do que as visões puramente pessimistas.

Prefiro movimentos culturais e especulativos, como o Solar Punk e Afrofuturismo, que nos convidam a pensar o futuro com uma lente mais diversa do que as Cyberpunk e distópicas, que são quase uma regra em filmes de Hollywood, a exemplo de *Matrix*, *Minority Report*, dentre outros. Ao meu ver, especular um cenário negativo é necessário para anteciparmos problemas, porém pensar em cenários positivos nos ajuda a alimentar a utopia. Como diz o filósofo africano de Burquina Faso, Joseph Ki-Zerbo, "Se nos deitarmos, estaremos mortos". As populações historicamente discriminadas precisam (e devem) exercer o direito de se imaginar no futuro. Esse é um direito que precisa ser exercido.

É neste cenário que o livro **Um outro futuro (ainda) é possível?** surge como minha contribuição para um novo mundo possível, que desejo que exista para minha filha Ayana Ami e para as novas gerações. Como diz a banda Baiana System: "O futuro não demora".

UMA OUTRA
TECNOLOGIA
(AINDA) É POSSÍVEL?

"Como eu tenho dito muitas vezes, o futuro já chegou. Só não está uniformemente distribuído"

William Gibson

A tecnologia do povo é a vontade

Nação Zumbi

Quando os robôs subirem o morro, o que vai acontecer?

Salvador, 2034.

São cinco e meia da manhã. Há um clima de tensão no ar um pouco maior do que o normal na comunidade Rio Eufrates. As tias do mingau não colocaram suas bancas no ponto de ônibus, onde têm por clientela as trabalhadoras domésticas e os seguranças que precisam estar às oito da manhã em Deltavillage.

Sim, eles costumam reforçar a alimentação para enfrentar o trânsito intenso da capital baiana, que, após recente anúncio do governador sobre as novas tecnologias de combate à violência, pretende atrair turistas de todo o mundo.

Mas, de fato, há algo diferente esta manhã. A comunidade em questão foi escolhida justo por ser relativamente pequena para o projeto-piloto que promete mudar a realidade da capital baiana – há quase vinte anos considerada a mais violenta do Brasil.

Cauã, de 14 anos, acorda assustado. Ele tem em seu braço esquerdo uma tatuagem que coincide com a marca da facção que, após a "Grande Aliança", domina todo o território baiano e exibe o símbolo do Goku em cada parede da comunidade.

Ele sabe que a nova tecnologia de reconhecimento de corpos pode identificar qualquer pessoa tatuada a mais de 100 metros de distância, mesmo com o braço coberto por camisa. Na parte de baixo da comunidade, uma central foi instalada com diversos LEDs em caminhões para que toda a população veja, em tempo real, a ocupação da comunidade por drones autodirigíveis e cachorros-robôs apelidados pelos moradores de "pastor chinês", justamente por serem inventados na China para uso militar há mais uma década.

— O Pastor Chinês é barril — seu Fininho vocifera, enquanto arruma a gôndola do seu mercadinho e passa a mão na camisa xadrez para limpar o resto de gordura de manteiga.

— Quero ver nêgo assaltar aqui novamente — fala em tom de ironia e contentamento, afinal, seu mercado foi assaltado cinco vezes somente no último mês.

Ele, que votou no Partido da Família Tradicional Brasileira (PFTB), ficou feliz em saber que a proposta de campanha do governador foi colocada em prática e está alinhada com a pauta do Governo Federal. Este já implementou a tática nas comunidades do Rio de Janeiro e conseguiu derrubar em 15% a criminalidade da capital carioca, atualmente vivendo com espantosos 95,5% do seu território dominados pela maior milícia do estado, a Pátria Livre.

O Governador olha o relógio e decide que é a hora de dar o play.

— Tudo pronto, Xavier? Posso apertar mesmo? — Pergunta ao assistente enquanto ajeita a franja do cabelo.

Ele sabe que toda a imprensa baiana vai filmar esse momento histórico. O maior apresentador do estado está a postos para fazer a live pelo Detona, a maior plataforma de streaming de operações de segurança pública do país, seguida por milhões de pessoas que pagam uma assinatura de 50 reais mensais para ter em primeira mão conteúdos de operações militares. Ao receber a resposta afirmativa, o governador aperta o botão vermelho no painel, que pede o seu reconhecimento de íris para autorizar a operação.

— Em poucos instantes, a mágica acontece — diz o governador, confiante, para os "jornalistas híbridos" que estão com rosto com filtros de distorção de imagem, depois do atentado que aconteceu na coletiva de imprensa com o antigo governador há quatro anos, resultando na morte de dez profissionais de mídia. Uma carnificina.

Na mesma forma, o secretário de segurança pública acompanha tudo do Uruguai, já que a lei permite (e recomenda) que secretários de segurança pública do Brasil possam viver fora do país e ter sua identidade suprimida, uma vez que, dentre os últimos cinco secretários, dois foram mortos pela criminalidade.

Após o comando, a Inteligência Artificial responsável por mapear os criminosos locais entra em operação. Cachorros-robôs começam a subir a curva do cemitério (local icônico da comunidade Gothan City) de maneira rápida e feroz rumo à comunidade Rio Eufrates, cerca de 4 km dali. Eles são agressivos e possuem um sistema de alimentação via energia solar, ou seja, a bateria nunca termina.

As orelhas dos cachorros são responsáveis pela captação de áudio (e depois pela transcrição dos diálogos para autos e outros documentos jurídicos) e os olhos são câmeras que ficam à disposição da Procuradoria-Geral do Estado para posterior litígio. Já os drones sobrevoam de maneira autônoma a comunidade, que possui muitas áreas de mata, com capacidade de zoom de centenas de milhares de vezes, além de reconhecimento facial. Ou seja, a chance de você escapar de uma operação dessa é mínima.

Cauã segue aflito. Ele não é propriamente da facção, mas por gostar muito da música trap, em especial do cantor Wolverine, que é financiado pelo maior grupo criminoso que opera na cidade, resolveu tatuar o símbolo do Goku no braço. Isso antes do lançamento do OTECH.SEG, o programa de tecnologia militar da Polícia da Bahia.

Sua mãe não sabe de nada. Acha que o Goku no braço dele é porque o garoto gosta de Anime, Otaku e essas coisas asiáticas que ficaram muito populares entre os jovens da Geração Z e, principalmente, da Geração Alpha. Ele pega os óculos de VR e tenta fazer uma chamada com seus amigos da escola, que também fizeram a mesma tatuagem:

— Barão, Diggo e Faizão... Véi, será que os cachorros vão pegar a gente? — ele fala baixo, usando um app proxy criptografado encontrado na *Deep Web*, a internet "secreta".

À essa altura, os cães já estão "farejando" as casas em busca de micropartículas de cocaína, maconha e crack, e analisam todos os muros para decodificar as pichações, que estão cada vez mais sofisticadas e com mensagens subliminares. Algumas delas nada têm a ver com facções, são apenas tags das gangues locais, como a Pichadores Sem Fronteiras (PSF) e Grafiteiros Rebeldes do Subúrbio (GRS). Mas, como as IAs conseguem decifrar imagens desde o lançamento dos sistemas de reconhecimento de imagens das Big Techs em 2024, é muito mais fácil compreender quem manda nos territórios, mesmo entre rabiscos aleatórios.

Tiros são ouvidos no alto da comunidade. O clima fica mais tenso. Os traficantes, de maneira "tola", acham que isso pode intimidar os robôs-cães. Na verdade, isso é precisamente o que não deveria ser feito, pois a IA foi programada em seu prompt para que, a qualquer sinal de violência eminente, possa se antecipar e atacar o inimigo para "poupar vidas inocentes".

É neste momento que os cães iniciam a invasão das casas – afinal, tecnicamente, eles podem infringir o dispositivo do

Mandado de Busca e Apreensão, pois não são humanos, nem mesmo Humanos-Ciborgues, como se cogitou no Congresso Nacional em 2030, no dia em que o Presidente da República sofreu um atentado a bomba andando em um veículo oficial. Essa solução chinesa de robôs é bem mais barata e está de acordo com a Lei de Excepcionalidade da Segurança Nacional, aprovada com ampla maioria, incluindo alguns votos da oposição, de esquerda.

Cauã se desespera... começa a ouvir gritos dos barracos vizinhos. Os robôs, ao morderem os alvos, são configurados para, caso haja resistência, eliminá-los. Porém, muitos jovens não viram essa informação pela imprensa, pois passam o dia todo se comunicando por meio de chat de jogos ou óculos de realidade virtuais. Eles não possuem Smart TVs nem leem web jornais, pois acham *cringe*, coisa de adultos e "coroas".

Cauã não. Ele é muito apegado à sua mãe evangélica, que faz questão de contar tudo que está acontecendo na cidade para ele de manhã, na hora do café. Mesmo não prestando atenção, ele se lembra: "não vou resistir, mãe, relaxe!".

Latidos na porta. É a polícia. A mãe de Cauã, dona Ninha, abre a porta e, no ato de desespero, mente para os cachorros:

— Eu estou sozinha, não tem ninguém aqui comigo.

Ela, que é evangélica e levita na Igreja Lírio dos Lares, saiu sorrateiramente com seu tablet estampando uma e-Bíblia para tentar confundir a IA. Mas a atitude é inútil. Os cães a derrubam e seguem raivosos até o quarto de Cauã.

— Vamos pegar mais um FDP. Ele será capturado — o governador comemora na base do morro.

Cauã tenta não esboçar reação, porém tropeça no seu headset VR e esbarra sem querer no rosto do cachorro, que agressivamente arranca seu braço e o conduz, sangrando, para o Centro Especial Ambulatório de Operações em Guerra Urbana (CEAOGU), um hospital todo operado por robôs e Inteligência Artificial.

Cauã deve sobreviver e receber um implante de braço ciborgue, mas dificilmente irá escapar de uma sentença dura a ser preferida pela Inteligência Artificial, que substituiu juízes em 2030 com a nova Lei de Segurança Nacional, em função da Operação Justiça Limpa, responsável pela prisão de centenas de juízes corruptos em todo o Brasil.

Se tiver sorte, Cauã sairá do presídio em 2074 em sua forma humana, pois, neste momento, há um projeto de lei em tramitação em Brasília para transformar presos em ciborgues das Forças Armadas. Cauã vai precisar de muita sorte para escapar dessa. Como diz a gíria atual nas comunidades: "Deus perdoa. A Inteligência Artificial, não."

Discurso de ódio na Internet [1]

Casos de discriminação racial direcionada a pessoas públicas, a exemplo das atrizes Taís Araújo e Cris Vianna, da jornalista Maria Júlia Coutinho (Maju) ou da Miss Brasil 2017, Monalysa Alcântara, escancararam junto à sociedade brasileira um mal crescente nos dias atuais: o discurso de ódio na internet. Os insultos racistas a que todas foram submetidas e as manifestações covardes de agressores, no entanto, não caracterizam um problema exclusivamente nacional. O tema é algo tão alarmante e abrangente que, naquele ano, a Universidade Harvard, nos Estados Unidos, por meio do *Berkman Klein Center*, promoveu um encontro internacional para debater os diversos aspectos envolvidos na manifestação do racismo digital, do qual fui um dos organizadores, a pedido da universidade.

Pesquisadores de várias partes do mundo e representantes das empresas do Vale do Silício discutiram sobre caminhos para coibir o avanço de discursos que fomentam o racismo, a xenofobia, o machismo e outras formas de preconceito. Cada país tem a sua legislação própria, mas o sentimento comum aos representantes no evento foi o de que é preciso agir em duas frentes de urgência. Primeiro, cobrar de empresas de tecnologia uma postura mais proativa; segundo, sensibilizar sistemas judiciários a serem rápidos na produção de julgamentos e sentenças condenatórias, quando essas violações forem comprovadas.

---

[1] Publicado na revista *Veja*. https://complemento.veja.abril.com.br/pagina-aberta/precisamos-falar-sobre-odio-na-internet.html. 14/09/2017

O que acontece é que, em meio a perfis falsos, comentários raivosos e hashtags discriminatórias, há grupos organizados que se aproveitam do anonimato para incitar atos de violência. O discurso é o primeiro passo para ações mais radicais. No livro *Cyber Racism: White Supremacy Online and the New Attack on Civil Rights*, a pesquisadora Jessie Daniels argumenta que o racismo digital é a porta de entrada para um universo de outros crimes que podem levar a ações de violência física, como vimos no conhecido massacre em Charlottesville, nos Estados Unidos.

Nesse sentido, costumo propor uma reflexão simples: você já parou para pensar que a pessoa escondida atrás do computador para escrever comentários racistas pode ser a responsável pelo setor de recursos humanos de uma empresa que, "coincidentemente", não contrata negros? Não é por acaso que, até pouco tempo, segundo o Instituto Ethos, mulheres negras ocupavam menos de 1% dos cargos executivos nas 500 maiores empresas do Brasil.

O discurso racista nas redes sociais legitima a discriminação no cotidiano da vida real. Resolver o problema do racismo on-line passa também por atacar a sua versão off-line. As duas dimensões estão conectadas e a tendência é que a fronteira entre elas seja cada vez mais porosa.

Centros de pesquisas de universidades norte-americanas, como MIT, Stanford e Harvard, estão começando a discutir como a falta de diversidade na tecnologia pode influenciar uma escalada ainda maior do racismo. A imensa base de dados com discursos de ódio produzida diariamente já está sendo utilizada por algoritmos de inteligência artificial/*machine learning*.

A ONG Desabafo Social lançou anos atrás uma campanha intitulada "Busca pela Igualdade" e mostrou que já existem sistemas de busca de imagem que não mostram pessoas negras em algumas categorias, como "família" e "bebê". Há também relatos de dispositivos com sensores que não funcionam em pele negra e o perigo dos sistemas de *big data* (grande conjunto de dados) influenciarem decisões com base em concepções racistas. Há ainda o caso de um "robô virtual" que interagia em uma rede social fazendo apologia ao nazismo.

Vale lembrar uma reportagem de 2016 do jornal *The Guardian*, que cita o primeiro concurso de beleza internacional a utilizar inteligência artificial como júri. O que era para ser absolutamente imparcial acabou quase excluindo pessoas de pele escura. Isso ocorreu porque o software *Beauty.AI*, usado na seleção, estabeleceu padrões de beleza a partir de bancos de dados com pouca diversidade étnica. Outro exemplo é o aplicativo FaceApp, que tinha um filtro que prometia deixar as pessoas atraentes, mas que, na prática, foi acusado de clarear a cor da pele e ajustar fotos ao padrão fenótipo europeu.

Os exemplos são tantos que a preocupação com a falta de diversidade na tecnologia levou a então estudante do MIT, Joy Buolamwini, a criar uma organização para alertar a sociedade sobre o tema. Em sua famosa palestra na plataforma TED, ela denuncia que um algoritmo de reconhecimento facial não identifica seu tom de pele. No vídeo, Joy, que é negra, mostra que só consegue ser reconhecida pela câmera do computador quando, literalmente, usa uma máscara branca.

Seja no sistema bancário, na área da saúde ou na segurança pública, essas tecnologias estarão ainda mais presentes em nosso dia a dia. Um relatório do Citibank, em parceria com a

Universidade de Oxford, previu que 47% dos empregos nos EUA já estão correndo risco de serem substituídos por inteligência artificial. Os números são ainda maiores em países em desenvolvimento. Como então evitar que as máquinas "aprendam" a reproduzir o racismo do nosso cotidiano?

O YouTube lançou uma série de ações para promover a diversidade de narrativas em sua plataforma, reunindo jovens negras com celebridades para impulsionar seus canais. Nos EUA, programas como *Black Girls Code* tentam criar uma nova geração de profissionais para um Vale do Silício que, hoje, tem poucas pessoas negras. No Brasil, sites como o *Correio Nagô* ajudaram a ampliar vozes pouco representadas por meio do jornalismo digital. E em Salvador, a Vale do Dendê fortalece o ecossistema de empreendedores de economia criativa e digital com mais diversidade, buscando não apenas incluir pessoas no consumo de tecnologia, mas também na produção.

Os casos de racismo digital não são isolados. Eles fazem parte de um problema sistêmico, com consequências graves. Precisamos, independentemente da cor da pele, incentivar mais diversidade de vozes no mundo digital e denunciar o racismo institucional que impede a melhoria da vida de milhões de pessoas, quando não as ceifa violentamente. É necessário, portanto, agir rápido contra o discurso de ódio, enquanto há tempo.

E se os computadores aprenderem a ser racistas? [2]

Segundo Nelson Mandela, ninguém nasce odiando outra pessoa pela cor de sua pele, as pessoas "aprendem" a odiar. Em um mundo cada vez mais hiperconectado, urge responder à questão: as máquinas podem aprender a ser racistas? Estamos caminhando para uma nova, e ainda mais assustadora, fase do racismo, o racismo dos algoritmos. Parece ficção científica, mas isso já está acontecendo.

O cenário atual é de redes sociais reproduzindo livremente conteúdo de ódio, comunidades marginalizadas por plataformas de mobilidade urbana, tecnologias que não reconhecem pessoas de pele negra e bancos de imagens que reforçam estereótipos. E isso tudo pode ainda ficar pior com a disseminação da automação, do *machine learning* e da inteligência artificial.

Pesquisadores, ativistas e programadores dizem que, assim como bebês aprendem com humanos, os algoritmos podem incorporar o que pensam seus programadores e, sobretudo, os usuários das plataformas, já que eles aprendem com os dados previamente produzidos. Com o *deep learning*, a tendência é isso se automatizar cada vez mais.

Por esse motivo, a Universidade de Harvard convocou 50 especialistas de várias partes do mundo junto com grandes empresas de tecnologia para um encontro inédito para discutir o tema. A proposta foi debater o discurso de ódio nas

---

[2] Publicado no site Medium. https://medium.com/@paulorogerio81/e-se-os-computadores-aprenderem-a-ser-racistas-3bdbbd24744d. 07 de Setembro de 2017

redes sociais e sua relação com o comportamento humano e os algoritmos. O evento foi organizado pelo Berkman Klein Center, dedicado ao tema da internet, em parceria com o Shorenstein Center, focado nas políticas públicas. Estive à frente desse evento junto com outros pesquisadores, como a Niousha Roshani, no Rio de Janeiro, e meus colegas do Instituto Mídia Étnica.

A preocupação com o tema é grande nos Estados Unidos, afinal, os problemas só crescem. O discurso de ódio é cada vez maior em redes sociais e as empresas ainda não sabem quais critérios devem usar para garantir a liberdade de expressão e não ferir o princípio da dignidade humana.

Uma grande corporação de computação, por exemplo, criou um experimento usando *machine learning*: um avatar que em menos de 24 horas no ar teve de ser removido porque suas frases racistas faziam apologia ao nazismo. Obviamente, essas frases surgem do vasto conteúdo produzido por humanos nas redes sociais.

E quando a internet das coisas, realidade virtual e robótica se encontram com o racismo institucional? Imagine um cenário onde a polícia conecta seu sistema de rastreamento facial com drones, usando algoritmos para identificar as pessoas tidas como suspeitas baseando-se no perfil racial? O filme *Minority Report*, há alguns anos, já mostrou que isso não é uma boa ideia.

Por outro lado, os mesmos algoritmos, hoje ainda contaminados com preconceitos, podem, felizmente, ser reconfigurados para combater o racismo on-line com *chatbots*, identificando violadores da boa conduta e automaticamente comunicando às autoridades os crimes. No entanto, isso vai demandar um grande esforço e investimento das empresas de tecnologia para terem mais diversidade em seu corpo de funcionários e uma aproximação verdadeira com a sociedade civil.

As tecnologias em si são, em tese, neutras. Cabe a nós, humanos, configurá-las para o bem da coletividade, e não para nos causar danos. Sejamos otimistas, mas também realistas para entender o cenário que está se desenhando para nós neste exato momento.

Conheça o "País Startup" que busca ser o hub digital da África

País africano de língua portuguesa tem foco no desenvolvimento, com metas visionárias para tornar-se referência na oferta de inovação e serviços tecnológicos.

Participei da primeira edição da Cimeira de Investimento e Financiamento Jovem, realizada no mês de março de 2024 em Cabo Verde, na África, e compreendi a importância dada pelo governo local à economia digital. Estrategicamente, o país visa posicionar-se como hub digital e ser "porta de entrada para a África ocidental", como ressalta o primeiro-ministro cabo-verdiano, Ulisses Correia e Silva.

Recursos e capital humano para alcançar tais objetivos não faltam ao país africano localizado nas Costas da África Ocidental. Com posição de destaque diante das grandes nações do mundo devido à sua história, cultura e, agora, suas tecnologias, Cabo Verde possui uma população compacta, com pouco menos de 500 mil habitantes, composta em sua maioria por mulheres e jovens economicamente ativos, comprometidos em acompanhar o ritmo do desenvolvimento.

Ao conhecer a Ilha de Santiago, a semelhança com o Brasil, especialmente com a cidade de Salvador, me impressionou. A similaridade arquitetônica e urbana, as praias e as pessoas. Em cada espaço da cidade, a sensação de estar em casa. Caminhar tanto pela capital Praia quanto pela Cidade Velha é ter uma espécie de *déjà-vu* da Bahia.

No entanto, outra coincidência (ou não) me chamou a atenção: a presença de jovens empreendedores liderando startups e buscando soluções inovadoras na área de tecnologia para oferecer ao mundo. Uma realidade bem semelhante à brasileira, mais especificamente à capital baiana (Salvador), que conta com a presença do hub de inovação Vale do Dendê. A aceleradora desempenha um papel importante no fortalecimento do ecossistema de inovação, inclusive nas áreas de economia criativa, alimentos e tecnologia, a partir dos programas de capacitação oferecidos a afro-empreendedores, com mentorias, consultorias e orientações sobre gestão.

Do outro lado do continente, o Ministério da Economia Digital tem impulsionado uma série de iniciativas na área de tecnologia por meio do Programa Cabo Verde Digital. A plataforma do Governo de Cabo Verde reforça a comunidade de Tecnologias da Informação e Comunicação (TIC), apoiando o ecossistema digital através da formação e do empreendedorismo tecnológico, com ações que vão desde a concessão de bolsas de estudos para auxiliar jovens empreendedores a criarem suas empresas à atração de nômades digitais para o país.

Transformar Cabo Verde em hub digital é mais que um resgate econômico, é um compromisso social urgente. É, quem sabe, trazer de volta a possibilidade das partidas quando desejadas, e não por serem necessárias, ou seja, é criar oportunidades locais e evitar a emigração forçada de seus cidadãos, que vão para a Europa, Estados Unidos, Portugal e Brasil em busca de melhores condições de vida, possivelmente reflexo de um passado histórico doloroso.

Como Consultor em Diversidade, reconheço o vasto potencial de Cabo Verde e a importância de estabelecer parcerias com outros países. Uma oportunidade aparentemente a ser considerada pelos governos e pela classe política do país africano é a de atrair a diáspora africana do Brasil para visitar, colaborar e viver no país.

Percebi que o foco do turismo atualmente são os países europeus, evidentemente pela proximidade dos continentes. Porém, imagino o impacto positivo que a atração da juventude brasileira, especialmente negra, poderia ter ao descobrir Cabo Verde, um verdadeiro portal para o continente africano devido as suas conexões geográficas e culturais com o Brasil. Este intercâmbio poderá não apenas enriquecer ambas as comunidades, mas também abrir caminhos para futuras parcerias culturais e colaborações econômicas significativas, uma realidade possível com a retomada da Cabo Verde Airlines operando com voos diretos do Brasil para o país africano, partindo do Nordeste do Brasil.

*Texto publicado no site da AFRO.TV

Afrofuturismo: o futuro será negro? [3]

O afrofuturismo é um movimento estético, cultural e tecnológico que vem crescendo a cada ano no Brasil. Antes desconhecida, hoje a linguagem afrofuturista tem ocupado livrarias, plataformas musicais, coletivos de tecnologia e diversos outros espaços. A proposta é bem objetiva: questionar, propor e imaginar a participação negra na construção do futuro.

O entendimento das pessoas que reivindicam a narrativa afrofuturista é de que, por muito tempo, essa imaginação sobre o futuro foi limitada apenas à cosmovisão eurocêntrica, seja em artes visuais, cinema, tecnologia e ciências. Ícones internacionais como o músico Sun Ra, a escritora Octavia Butler e o artista visual Basquiat representam esse movimento. Mesmo artistas pop contemporâneos buscam essa referência de maneira direta ou indireta.

Aqui no Brasil, dezenas de pesquisadores, escritores e artistas se inspiram nessa estética. De livros a games, passando pela moda, o afrofuturismo chegou com uma grande força narrativa, e a Bahia pretende ser o epicentro desse movimento.

Em 2017, a Vale do Dendê, em parceria com o Instituto Mídia Étnica, realizou uma atividade que aconteceu como preparativo para a primeira Campus Party Bahia, chamada Ocupação Afro.Futurista, com o objetivo de propor uma reflexão sobre o tema. Para isso, ocupamos a maior estação de

---

[3] Publicado no site da Folha de São Paulo: https://www1.folha.uol.com.br/opiniao/2021/01/afrofuturismo-o-futuro-sera-negro.shtml.

ônibus e metrô do Norte e Nordeste, a Lapa, com ativações de cultura *maker* e *geek*, palestras e workshops, incluindo a participação do cientista afro-colombiano que trabalha com a NASA, Antonio Copete.

Em 2018, repetimos a ação na mesma estação, desta vez, incluindo o primeiro *hackathon* (maratona digital) focado em inovadores(as) negros(as), e fomos para o interior da Bahia – Seabra (Chapada Diamantina) e Irecê (Sertão). Toda essa experiência impulsionou um rico ecossistema de startups e coletivos de tecnologia formados por pessoas negras não apenas na Bahia, mas no Brasil.

Após um hiato de dois anos, em 2021, a Vale do Dendê voltou a pautar esse tema em um novo formato, respeitando os tempos de pandemia, em um evento 100% on-line, chamado Festival Afrofuturismo, conectando parceiros de países como Angola, Moçambique e Cabo Verde, fazendo ainda mais jus ao nome. De lá para cá, já foram cinco edições. Só a última reuniu oito mil pessoas, ocupando dez casas no Centro Histórico de Salvador. Uma espécie de South by Southwest (SXSW), o famoso evento de inovação norte-americano, mas, no nosso caso, uma versão tropical, baiana e afro.

Todos os anos, aprofundamos no evento discussões que recentemente foram colocadas em pauta no Brasil, como Racismo Algorítmico (ver o livro homônimo do pesquisador baiano Tarcízio Silva), fomentamos ecossistema de startups negras e a possibilidade de maior conexão com países africanos que estão investindo em tecnologia, a exemplo de Cabo Verde, que possui um programa específico de atração dos chamados "nômades digitais", profissionais de tecnologia que vivem viajando e trabalhando pelo mundo. Destacamos ainda a nova cena tecnológica que surge em países como Nigéria, Gana, Ruanda, África do Sul e Etiópia. Desde que se transformou no Festival Afrofuturismo, a cada edição, inovamos no formato, nos temas dos debates e em todas as ações pensadas para proporcionar a melhor experiência afrofuturista, tendo em vista o conhecimento da tecnologia ancestral afrodiaspórica. Criamos no Pelô uma "Cidade Afrofuturista", com ativações de marcas e pessoas de todo o mundo.

O Festival Afrofuturismo está consolidado e integra, desde 2023, o calendário de eventos de Salvador no mês de novembro. A última edição, realizada em novembro de 2023, contou com a presença de representantes de 23 países e da Delegação de Gana, que instalou no Centro Histórico de Salvador a Casa de Gana, uma parceria entre o Vale do Dendê e a Embaixada de Gana, onde os participantes do Festival Afrofuturismo puderam interagir com a cultura do país africano, além de conhecer sua arte e gastronomia.

Sobre a liderança africana na tecnologia, é preciso lembrar que o ideário afrofuturista não constrói apenas cenários ficcionais (como foi o caso de Wakanda, em *Pantera Negra*, filme da Disney/Marvel), mas se baseia em fatos históricos ocultados pela colonização e pelo escravismo colonial. São os casos, por exemplo, do protagonismo e da liderança absoluta dos países africanos pré-coloniais na ciência, matemática, astronomia e em outras áreas onde as civilizações negras foram pioneiras.

O evento dá destaque à cena musical que bebe na fonte do tema, como a apelidada de "Bahia Bass", com referências visuais negras e futuristas, a exemplo o clipe *Bafana*, do rapper baiano Yan Cloud. Além disso, startups de todo o mundo têm a oportunidade de fazer um *demo day*, onde mostram seus trabalhos para especialistas em inovação e potenciais investidores. Em um mundo cercado de problemas sociais, aprofundados pela pandemia de COVID-19 e cada vez mais distópico (como nos filmes de ficção cientifica ocidentais), resgatar a utopia de uma África novamente líder em tecnologia, ciência e inovação é possível e necessário. E você, acha que um futuro negro é possível?

A nova era da eugenia: biotecnologia, racismo e o perigo de um futuro biologicamente editado

Imagine um mundo onde os avanços da biotecnologia são tão rápidos e poderosos que podemos não apenas curar doenças, mas literalmente "hackear" a essência do que nos faz humanos. Um mundo onde, com uma pequena correção no DNA, é possível modificar o futuro biológico, aprimorar a aparência, a inteligência e até o comportamento de nossos filhos. É exatamente esse cenário que Jamie Metzl explora em seu impactante livro *Hackeando Darwin*. Metzl nos coloca diante de um espelho, questionando até onde iremos em nome do progresso, enquanto explora as implicações éticas de editar geneticamente a humanidade. Em um dos temas mais polêmicos das próximas décadas, o autor nos provoca a refletir: estaremos, sem perceber, caminhando para uma era de "Eugenia 4.0", onde a escolha dos genes "perfeitos" pode selar o destino das etnias menos favorecidas e, em especial, dos traços ligados às populações negras e aos povos originários?

O termo "eugenia" carrega um peso histórico devastador. No século XX, movimentos eugênicos surgiram com força em diversos países, justificando ações que buscavam "purificar" populações, muitas vezes utilizando métodos coercitivos e violentos. E o Brasil também não ficou fora desse processo. Durante as primeiras décadas do século passado, o país abraçou o ideal eugênico com entusiasmo. A Faculdade de Medicina da Bahia, por exemplo, foi um dos centros do movimento eugenista brasileiro, promovendo conferências e pesquisas que defendiam a melhoria racial e a erradicação de traços considerados "indesejáveis".

O movimento eugênico, com nomes influentes como Nina Rodrigues e Renato Kehl, não só influenciou políticas públicas de saúde, mas também reforçou o racismo científico que já permeava a sociedade. Paralelamente, nos Estados Unidos, campanhas de esterilização em massa atingiram milhares de pessoas, muitas delas negras e indígenas, sob a premissa de "melhorar" a sociedade. No total, estima-se que mais de 60 mil pessoas foram esterilizadas nos Estados Unidos. Na Austrália, por sua vez, foram promovidas práticas similares contra povos aborígenes, refletindo um padrão global de políticas eugênicas que sempre visaram os mais vulneráveis.

Hoje, embora as palavras tenham mudado, a lógica de exclusão persiste. Com o desenvolvimento de tecnologias como o CRISPR/Cas9, a manipulação genética deixa de ser um instrumento de controle estatal explícito e se torna uma escolha individual – uma decisão de mercado, acessível apenas para aqueles que podem pagar por ela. E quem são os beneficiários dessa revolução? As elites, em sua maioria brancas e residentes dos países mais desenvolvidos.

A promessa da biotecnologia, que deveria ser de libertação e cura, corre o risco de se tornar um campo de batalha onde os privilégios econômicos e raciais definem o que significa ser humano. Os protagonistas dessa transformação são os Estados Unidos e a China, líderes nos investimentos e pesquisas em biotecnologia.

Conforme Metzl nos alerta em *Hackeando Darwin*, as consequências dessa corrida genética são aterrorizantes. Ao ganhar acesso preferencial às tecnologias que aprimoram características humanas, as elites econômicas poderão determinar um novo padrão de normalidade. Imagine um futuro onde características tradicionalmente associadas a etnias negras – como pele mais escura, cabelo crespo sejam sistematicamente "corrigidas" ou eliminadas. As gerações futuras seriam moldadas com base em um ideal eurocêntrico de beleza e "perfeição", enquanto a diversidade que tanto enriquece nossa espécie é gradualmente extinta. Essa é a "Eugenia 4.0": uma forma de colonialismo biológico que não impõe o desaparecimento dos corpos negros com armas, mas com sequências de nucleotídeos.

Essa corrida pela "perfeição genética" não é uma competição justa: enquanto as elites de Nova York, Xangai e Londres acessam com facilidade as inovações mais recentes, comunidades negras e outras minorias, tanto nos países desenvolvidos quanto nos em desenvolvimento, mal têm acesso aos cuidados médicos mais básicos, quanto mais à manipulação genética de última geração. As desigualdades que definem a saúde e a longevidade dos corpos hoje poderão, em breve, também determinar quais corpos existirão no futuro. A biotecnologia, ao contrário de outras tecnologias, não define apenas o que podemos fazer, mas redefine quem somos. Ao selecionar características em um embrião, os pais do futuro não estarão apenas escolhendo a cor dos olhos ou a altura do filho; estarão participando de uma narrativa que molda a identidade de um novo ser humano.

Esse futuro inquietante precisa ser evitado. O livro de Jamie Metzl é um grito de alerta para que sociedades inteiras se envolvam no debate sobre a biotecnologia e a edição genética, antes que seja tarde demais. É imperativo que as decisões sobre o futuro biológico da humanidade não sejam tomadas apenas por cientistas, governantes e elites econômicas, mas por todos – especialmente aqueles que historicamente foram excluídos e prejudicados pelas políticas eugênicas do passado. Sem uma regulamentação internacional robusta, que inclua salvaguardas éticas e sociais, a biotecnologia poderá se tornar uma nova ferramenta de opressão racial, em vez de um meio de libertação e igualdade.

Diante de tudo isso, é crucial que as pessoas se informem e se posicionem. O livro *Hackeando Darwin*, discute essas questões que são importantes e devem nos levar a exigir mais transparência e responsabilidade dos governos e corporações para esse assunto que deve moldar nosso futuro. A edição genética pode ser uma das tecnologias mais revolucionárias do século XXI, mas também carrega o potencial de se tornar o instrumento mais perigoso de perpetuação das desigualdades raciais. Estamos no limiar de um ponto de virada para a humanidade – e o que escolheremos fazer com a ciência que nos capacita a "corrigir" nosso DNA determinará se nosso futuro será de maior inclusão e diversidade ou um em que a essência do ser humano, tal como a conhecemos, será irreversivelmente transformada em nome de um ideal de perfeição racialmente excludente.

Esse texto contou com informações de Inteligência Artificial

UMA OUTRA
ECONOMIA
(AINDA) É POSSÍVEL?

"Sem comércio e indústria, um povo perece economicamente. O negro está perecendo, porque ele não tem um sistema econômico"

Marcus Garvey

Os desafios para a consolidação do empreendedorismo negro no Brasil [4]

A comunidade negra brasileira enfrenta diversos problemas sociais e políticos. Um dos grandes obstáculos para a ascensão dessa comunidade é a falta de oportunidades para empreender. Em 2012, o estudo da Associação Nacional dos Coletivos de Empreendedores Negros - ANCEABRA [5], organização que fomenta o empreendedorismo afrodescendente no Brasil, identificava que apenas 3,8% dos negros conseguiam empreender no país, embora a população de origem africana seja superior a 50% da nação. Apesar disso, os números também indicavam que os negros eram maioria no setor informal, devido à falta de oportunidades de emprego formal e à dificuldade de abertura de empresas legalizadas.

Os desafios para a criação de empresas pelo público afro-brasileiro passam pela falta de estímulo ao empreendedorismo, ausência de tradição familiar e, sobretudo, pela dificuldade de acesso ao capital. O Brasil nunca teve uma política pública focada na promoção de empreendimentos gerenciados por negros. Em 2020, o projeto de Lei 2538/2020 visava a instituição da política nacional de apoio ao afro-empreendedorismo, mas não teve êxito, sendo arquivado dois anos depois.

Essa realidade de invisibilidade negra no setor empresarial contrastava com a posição do Brasil no ranking mundial do empreendedorismo, que o colocava na 5ª posição, à frente

---
[4] Publicado no site Medium www.correionago.com.br em 11 de janeiro de 2012
[5] Organização civil cujo objetivo era fomentar o empreendedorismo afrodescendente no Brasil

de diversos países da Europa. Atualmente, o Brasil ocupa a terceira colocação nesse ranking, segundo dados da Pesquisa Global Entrepreneurship Monitor (GEM) 2023/2024. Em geral, os empreendimentos de sucesso são gerenciados por homens brancos da região Sudeste do Brasil. Uma pesquisa realizada pelo Instituto Ethos [6] mostrava, por exemplo, que as mulheres negras são apenas 0,5% [7] dos executivos das 500 maiores empresas do país. Doze anos depois, aquele percentual aumentou para 15%, evidenciando que, apesar do avanço, mulheres em cargos de liderança ainda são uma pequena minoria.

O que podemos observar nesses últimos anos é que, de fato, há uma movimentação intensa das pessoas afrodescendentes de se inserirem na economia, em especial, no cenário do empreendedorismo. Seja pela falta de oportunidades formais no Mercado de Trabalho ou pelo fato de buscarem mais autonomia para gerenciar seu tempo e escolhas profissionais. Por outro lado, observamos com a chamada economia do compartilhamento, ou *Gig Economy* (Economia do Trabalho Temporário, em tradução livre), com diversos apps de delivery, transporte, serviços domésticos ou demais formas de trabalho, que há um grande debate sobre essas novas modalidades de prestação de serviços serem enquadradas como uma categoria específica, já que, apesar de estarem no campo do "trabalho autônomo", em geral, beiram a precarização, devido à falta de garantias trabalhistas.

---

[6] Organização social sem fins lucrativos com objetivo de mobilizar, sensibilizar e ajudar as empresas a gerirem seus negócios de forma socialmente responsável.

[7] A Pesquisa Desigualdade de Gênero em Cargos de Liderança no Executivo Federal, realizada pelo Movimento Pessoas à Frente em abril de 2024, registrou que apenas 15% dos cargos de liderança são ocupados por mulheres negras.

Por isso, é muito saudável pensar em um novo marco legal para o Trabalho Temporário, ao passo que é urgente que instituições de fomento a negócios (BNDES, Banco do Nordeste, bancos públicos etc.) olhem com muita atenção para os nano e pequenos empreendedores, diminuindo a burocracia e oferecendo, além do crédito, recursos a fundo perdido, como uma medida de reparação histórica para afrodescendentes, mulheres de baixa renda e moradores de periferias. Por exemplo, a ideia da Zona Franca da Favela, sugerida pela Central Única das Favelas (CUFA), é genial. Imagine uma política pública que preconize uma série de benefícios fiscais para que multinacionais ou empresas regionais se instalem nas zonas de conflitos da cidade, gerando, portanto, mais investimentos e empregos nesses territórios e, por consequência, melhorando a segurança pública, atraindo e fomentando assim pequenos fornecedores que queiram estar mais próximos dessas unidades de grandes corporações. Parece utopia, mas há diversos países que desenharam modelos com essa lógica.

Precisamos quebrar o ciclo vicioso da pobreza pelo ciclo virtuoso da inclusão econômica. Com investimentos estratégicos do Estado, como aconteceu com as principais potências mundiais, a exemplo da Coreia do Sul, Cingapura, China e o próprio "ícone global do capitalismo moderno", os Estados Unidos. Só existem hoje empresas globais como a Google, HP, Microsoft, Meta etc. porque houve investimento público em pesquisa, crédito e fomento a fundo perdido (onde a empresa não precisa devolver o recurso). Só assim teremos, de fato, um país competitivo no cenário global, subindo posições no ranking do Produto Interno Bruto (PIB), mas, sobretudo, no ranking do Índice de Desenvolvimento Humano (IDH), que afere a qualidade de vida das nações.

Escrevi no meu último livro, *Oportunidades Invisíveis*, que apoiar pequenos empreendedores e negócios da diversidade não é apenas uma ação de inclusão social, mas, sim, de inovação. É das margens, dos guetos, das zonas em conflitos que podem surgir as melhores ideias que podem mudar o mundo. Afinal, como disse no livro, o mundo se parece mais com as periferias brasileiras do que com o Vale do Silício, Londres ou Nova Iorque. O mundo espera do Brasil protagonismo na área de negócios. Somos um gigante com grande população, povo criativo, recursos naturais, clima perfeito, biodiversidade e muita capacidade de resiliência. Só precisamos agora entrar em um novo ciclo de prosperidade, onde o "capitalismo de compadre", em que poucas famílias dominam a economia, dê espaço para uma economia solidária, sustentável, diversa e, de fato, inovadora.

Por que Salvador ainda é a capital criativa do Brasil [8]

A chegada em agosto de 2020 do documentário *Axé: Canto de um Povo e um Lugar* na Netflix[9] e o episódio sobre Salvador da série *Street Food*, em julho do mesmo ano, marcaram um momento especial para a primeira capital do Brasil. Se não fosse a famigerada pandemia, que arrasou com a indústria do turismo globalmente, aquele seria, sem dúvidas, o verão mais movimentado da cidade dos últimos anos.

A inauguração de um novo Centro de Convenções privado, a reforma do aeroporto e de espaços importantes da capital, além da atração de grandes eventos, como o Afropunk[10], Bienal do Livro, Liberatum e o Salvador Black Film Festival, estão ajudando na retomada econômica dessa cidade que sempre influenciou culturalmente o Brasil. Em 2023, grandes celebridades negras globais vieram a Salvador, como Viola Davis, Angela Bassett e, já no final do ano, a diva pop Beyoncé colocou a cidade mais afro fora do continente africano no cenário global.

De fato, se depender da criatividade do povo baiano, o Brasil pode se tornar um líder global na economia criativa, mas investidores precisam sair de suas bolhas. A discrepância dos investimentos entre Sudeste e Nordeste ainda é gritante.

---

[8] Publicado no site Exame: https://exame.com/colunistas/opiniao/por-que-salvador-ainda-e-a-capital-criativa-do-brasil/ 26 de agosto de 2020
[9] Netflix é um serviço on-line de streaming norte-americano disponível em mais de 190 países.
[10] Maior festival da cultura negra no mundo

Mas, se fôssemos como a África do Sul ou Austrália, com várias capitais, faria sentido pensar que, no Brasil, São Paulo seria a capital econômica; Rio de Janeiro, a turística; e Brasília, a política. Já Salvador é, sem dúvidas, a capital cultural. Senão, vejamos:

Como já disse o poeta e diplomata carioca Vinícius de Moraes, foi em terras baianas que surgiu o samba (precisamente, em cidades do Recôncavo Baiano, como Santo Amaro da Purificação e Cachoeira). Depois, levado na virada do século 19 para o 20 ao Rio de Janeiro por Tia Ciata e outras baianas (que hoje dão nome à primeira ala das escolas de samba do Carnaval carioca).

Porém, quem pensa que só de samba vive o baiano, está enganado. A guitarra elétrica foi criada também em Salvador pela dupla Dodô (afrodescendente) e Osmar, mais ou menos ao mesmo tempo que os americanos estavam criando a deles. A invenção brasileira foi chamada, na época, de pau elétrico; depois, de guitarra baiana. Quando a distorção do rock americano e inglês chegou na Bahia, não causou estranheza ao povo que já pulava ao som do Trio Elétrico –Há poucos símbolos que identificam o Brasil no exterior, entre eles, certamente, o samba, a capoeira e a batida do Bloco Afro Olodum, que é o samba-reggae, todos vindos da Bahia. Na Bahia também surgiram movimentos que marcaram a cultura brasileira, como a Tropicália e a influente banda Novos Baianos, que mudaram a música nacional. Porém, a novidade é que nos últimos anos surgiram empresas criativas e startups que criaram novos modelos de negócios e transformaram a economia da cidade, levando o nome da Bahia e do Brasil para o mundo.

Desde a década de 1990, iniciativas como o Parque Tecnológico da Bahia, do Governo do Estado, e o Senai Cimatec (chamado carinhosamente de MIT baiano), somam esforços para reposicionar a cidade, que ainda é vista apenas como a cidade do verão e do Carnaval. Atualmente, grandes empresas, como a Ford, que está instalada no Cimatec Park e mantém um centro de engenharia global na Bahia, com mais de 1500 engenheiros e pesquisadores, e a chegada da montadora de carros chinesa BYD também reforça esse posicionamento do estado ser um importante centro tecnológico brasileiro.

Nos últimos anos, essas iniciativas de economia criativa e de inovação social tomaram uma proporção muito maior. Hoje, Salvador já lidera, em números absolutos, o número de startups na região Nordeste e produziu *business cases* de grande relevância nacional, como a Jusbrasil (uma das pioneiras em LawTech – startups da área jurídica), Sanar (startup de conteúdo para área de saúde), Infleet (gestão de frotas), além de outras plataformas B2B, como a Agilize (contabilidade), Antecipa (adquirida pela XP Investimentos) e as de moda: Dendezeiros, Ateliê Mão de Mãe, Isa Isaac Silva, Meninos Reis e Salcity Cria. Sem falar da cena gastronômica, onde temos três entre os dez principais restaurantes do Brasil e chefs conhecidos nacionalmente, como a Deliene Mota, do Restaurante Encantos da Maré, que começou com uma pequena porta na Cidade Baixa e hoje possui três unidades de seu negócio. Além dos chefs reconhecidos internacionalmente, a exemplo de Fabrício Lemos e Lisiane Arouca, do Grupo Origem.

Muitas dessas empresas floresceram em um ecossistema que conta com importantes hubs de inovação, como a Vale do Dendê (da qual sou um dos cofundadores), Parque Tecnológico da Bahia, Hub Salvador e Colabore (espaço de impacto social da Prefeitura de Salvador e do Sebrae). Além de diversos coworkings, fundos de investimentos como o Lighthouse, programas de aceleração (Rede +, Mercado Iaô, Wakanda Educação, Inventivos etc.), escolas inovadoras (como a Escola Maria Felipa), redes formais (como a Business Bahia e All Saints Bay) ou informais (como a Black Business Bahia e a Mais Novos Baianos).

Há uma gama de possibilidades para o desenvolvimento econômico a partir de soluções para tornar Salvador o novo hub criativo no país, em especial aos negócios ligados à diversidade. Por exemplo, deve-se apostar em uma Salvador (e todo estado da Bahia) com potencial para tornar-se um polo de desenvolvimento do cinema brasileiro, junto com a cidade de Cachoeira, que possui curso de graduação em audiovisual na Universidade Federal do Recôncavo da Bahia (UFRB) e um grande histórico de audiovisual. A Bahia tem um grande legado na área, desde Glauber Rocha (um dos maiores cineastas da história mundial) passando pela militância de Cineclube do Luiz Orlando e de uma geração que foi formada em projetos, como a Eletrocoperativa, Cipó, Cria, Instituto Mídia Étnica (do qual também sou cofundador e fui um dos gestores até 2015) e a TV Pelourinho. Afora grandes grupos do expoente do teatro, a exemplo, o Bando de Teatro Olodum e, na dança, com a tradicional Escola de Dança da Funceb e o Balé Folclórico da Bahia.

Da mesma forma, a cidade pode avançar na área de games, onde já é conhecida por ser hub de jogos educacionais. Não é por acaso que aqui acontece o Gamepólitan, um dos maiores eventos de game do país.

A capital baiana pode também expandir sua vocação musical, criando uma cadeia produtiva para esses segmentos criativos com investimentos em produtores e estúdios musicais de padrão internacional, fomentando não apenas a formação de músicos, mas de produtores, da fabricação e reforma de equipamentos musicais e do fomento às produções musicais para plataformas como TikTok, trilhas de filmes e jogos eletrônicos. Em Salvador, existe muita inovação no campo musical, com o pioneirismo de bandas como o Ilê Aiyê, Olodum, Baiana System, de Orquestras como a OSBA e Afrosinfônica e de música instrumental afrodiaspórica, como a Orquestra Rumpilezz, que tem um método musical próprio. Não por acaso, temos um grande equipamento musical dedicado ao tema, o museu Cidade da Música da Bahia, com mais de 700 horas de conteúdo, relatando a diversidade musical dos bairros da cidade de Salvador e sua influência vinda de toda a Bahia.

Além disso, Salvador pode avançar muito na área de tecnologia, conectando-se com a sua Região Metropolitana, com cidades como Lauro de Freitas e as industriais Feira de Santana, Camaçari e Candeias, bem como São Francisco do Conde, onde há uma universidade internacional para estudantes africanos, a UNILAB. Imagine uma conexão via trens onde essas cidades fossem interligadas, gerando fluxo de trabalho em todos esses polos, assim como é o Vale do Silício, localizado na região sul da Baía de São Francisco, na Califórnia, e que é famoso por ser o principal centro de inovação e tecnologia do mundo, com cidades como: San Jose (a maior cidade da região), Palo Alto (onde fica a universidade Stanford), Mountain View (sede da Google), Cupertino (sede da Apple), entre outras cidades com tamanho muito similar, ou ainda menor, que as baianas que citei acima. Não por acaso, estamos também em uma "Bay Area", a Baía de Todos os Santos.

Há um longo caminho a trilhar para que Salvador e a Bahia sejam referências nacionais consolidadas no Brasil na área de tecnologia, assim como novas cidades-hub estão emergindo nos outros pontos dos Estados Unidos, caso de Austin no Texas, Atlanta na Georgia e Detroit no Michigan. Esta, não por acaso, é uma das capitais da música nos EUA, uma cidade negra, sede da Motown Records e onde foi criada a música techno.

O Brasil, em geral, ainda precisa investir muito para melhorar sua infraestrutura e reduzir a burocracia. Educação de qualidade é, sem dúvida, uma demanda mais que necessária para preparar os jovens para os grandes desafios do século 21.

O novo século chegou, porém, por aqui, ainda não observamos as mudanças desejadas para a melhoria de vida e o acesso às oportunidades econômicas para a maioria da população, mas, se depender da criatividade e resiliência do povo baiano, é possível que o Brasil se torne um líder global na economia criativa. Precisamos que investidores possam sair de suas bolhas e olhar para a potência que emerge da primeira capital do Brasil, bem como outras regiões do norte e nordeste brasileiro.

O Brasil precisa do Black Money! [11]

O Brasil está entre as dez maiores economias do mundo e figura ao lado de nações altamente industrializadas, como a Inglaterra, França e Alemanha, no ranking que mede o Produto Interno Bruto (PIB). O país já foi o sexto, em 2011, no auge do maior crescimento econômico nacional da chamada "Nova República", com a inclusão de 40 milhões de pessoas na chamada "nova classe média". A crise econômica que atingiu o país a partir de 2014 fez o Brasil recuar algumas posições nesse importante indicador, porém, dificilmente a nação sairá do ranking das dez mais importantes economias globais no curto prazo.

A partir desse dado positivo, um questionamento deve ser feito ao olharmos para os indicadores sociais, visto que o Brasil ocupava, à época que escrevi este texto, a 75ª posição, perdendo para países em grave recessão, como os vizinhos Venezuela (71ª), Argentina (40ª) e até mesmo o pequeno Sri Lanka, no sudeste asiático. Não pretendo fazer análises históricas e sociais mais amplas, mas ressaltar que, além do "Custo Brasil", que os economistas tradicionalmente apontam como uma das causas para o país não alcançar maiores patamares na economia (burocracia excessiva, alto índice de corrupção, infraestrutura ainda limitada etc.), há outro fator determinante para a exclusão brasileira, que pode ser chamado de "Custo Racismo".

O fato de sermos uma sociedade multiétnica, plurirracial e multicultural deveria ser um elemento competitivo no ce-

---

[11] Publicado no site Medium.com:https://medium.com/@paulorogerio81/o-brasil-precisa-do-black--money-b7cd72a13831. 7 de setembro de 2017

nário global, mas, ao contrário disso, percebemos, ao olharmos as diversas pesquisas produzidas, que a diversidade racial se tornou um fator estruturante da exclusão brasileira. No "Custo Racismo", estão embutidos a educação deficitária, a discriminação na hora da busca do emprego e, sobretudo, o sistemático assassinato de jovens negros em sua idade mais produtiva. A ideia de ser uma economia de mercado competitiva é incompatível com a vulnerabilidade da sua população.

Tomemos, por exemplo, a questão do empreendedorismo, foco deste texto. Segundo o Global Entrepreneurship Monitor (GEM), índice global que mede a atividade empreendedora no mundo, o Brasil estava no topo do ranking em 2022, o que é um dado positivo, a princípio. No entanto, precisa-se analisar a qualidade dessa atividade empreendedora (a maioria sem funcionário, fluxo de caixa ou precarizada em alguma plataforma de transporte ou entrega) e como esses agentes estão posicionados na agenda global de inclusão.

A triste realidade é que, em geral, o empreendedor brasileiro age por necessidade e sem planejamento. Ainda com informações do GEM, cerca de 36,7% da população economicamente ativa no Brasil está envolvida em alguma atividade empreendedora, seja na fase inicial de um negócio ou já estabelecida. Isso representa aproximadamente mais de 40% da massa salarial do país, conforme dados do Sebrae. Desses, 14 milhões são Microempreendedores Individuais - MEI, categoria criada pelo Governo Federal para facilitar a legalização de milhares de trabalhadores autônomos, os chamados "empreendedores de correria", que não possuíam, em geral, infraestrutura.

Segundo o Sebrae, com base em dados da Pesquisa Nacional por Amostra de Domicílios (Pnad) de 2023, 52% dos proprietários de negócios no país são negros. Dos 29,3 milhões de donos de pequenos negócios do país, formalizados ou não, cerca de 15,2 milhões se autodeclaram pretos e pardos, ao passo que 13,7 milhões (46,8%) se identificam como brancos e 418 mil (1,4%) como outras raças/etnias, amarela e indígena.

No mundo, em países com o mesmo perfil de diversidade étnico-racial que o Brasil, esse é um tema levado a sério. Na África do Sul, uma das principais políticas criadas no pós-apartheid foi a Black Economic Empowerment (BEE), ou "Empoderamento Econômico Negro", uma complexa legislação que garante pontuação extra nas licitações públicas para as empresas que têm sócios majoritários negros ou que possuam uma política de diversidade no seu quadro de funcionários e, além disso, fornecedores negros na sua cadeia produtiva. Nada mais justo, considerando que estamos falando de recursos públicos, oriundos dos pagamentos de impostos feitos pela maioria da população, sul-africanos(as) negros(as).

Depois de algumas críticas em relação ao alcance da política nos setores mais empobrecidos do país, a legislação ficou mais completa, buscando incluir populações rurais e adquirindo uma forma ainda mais sustentável por meio de cooperativas. O fato é que, para fazer negócio na África do Sul, as grandes corporações, investidores ou pequenos empreendedores precisam comprovar que estão sintonizados com a agenda da equidade para superar o legado negativo que o apartheid deixou no país.

Nos Estados Unidos, observa-se uma realidade semelhante. As ações afirmativas já foram institucionalizadas de tal forma que todas as empresas precisam demonstrar para a sociedade, por meio de ações de comunicação, ou seus relatórios de sustentabilidade, o que fazem para garantir a inclusão de grupos historicamente discriminados. Grandes multinacionais do setor de alimentos, beleza, automóveis, bancário e, mais recentemente, de tecnologia investem milhões de dólares no treinamento e formação de afro-americanos, na criação de anúncios publicitários inclusivos e, o mais importante, na manutenção de uma política explícita para a compra de bens ou serviços de empresas negras. Essas ações não são vistas por grandes corporações como "caridade", mas como um elemento estruturante dos seus negócios. Nos EUA, há uma agência governamental responsável por esse tipo de política, o *National Minority Supplier Development Council*, que certifica empresas que são gerenciadas por mulheres, negros e outros grupos minoritários.

Em geral, as empresas nos EUA competem para terem boas posições em índices de diversidade. O indicador da DiversityInc, por exemplo, é um dos mais respeitados. Lá, empresas conhecidas no Brasil, como Mastercard, Sodexo, J&J e Procter and Gamble, pontuaram positivamente sempre. E não é só isso, até mesmo nos fundos governamentais, como os fundos de pensão, há ações afirmativas.

Desde 2013, as empresas de tecnologia são o centro do debate por ações afirmativas nos EUA. Com a compreensão de que estamos fazendo uma transição de uma sociedade industrial para a sociedade do conhecimento, uma série de ações está sendo tomada por gigantes da tecnologia, como Google, Facebook, Twitter, Microsoft, Intel e Apple, para o aumento de pessoas negras no setor. Cada uma dessas corporações já assinou grandes planos de investimentos de centenas de milhões de dólares para formar jovens e apoiar organizações negras. Há uma explosão de dezenas de projetos sociais, como o premiado *Black Girls Code*, que ensina meninas negras a programar. Ainda, incubadoras de empresas e fundos de investimentos em startups dedicados exclusivamente a iniciativas de negros surgem frequentemente.

A cidade de Oakland, com mais de 80% de negros, ao lado do Vale do Silício, tornou-se, portanto, o epicentro dessa onda de inovação negra, atraindo gigantes, como a Uber, para se instalarem em um local que por muito tempo foi devastado pela endemia do crack, mas que respira os ares do ambiente colaborativo e compartilhado da nova economia.

Ainda falando de ambiente inclusivo, não podemos esquecer o discreto Canadá, que, apesar de fazer pouca promoção de suas ações, é também um modelo em termos de inclusão multicultural, com uma forte política de atração de imigrantes para compensar seu déficit de natalidade. No Canadá, desde os anos 90, há um canal de TV dedicado aos povos originários, e a economia do país tem a diversidade como um valor fundamental. O Canada Diversity Employee é uma competição que completou, em 2016, dez anos dando destaque a empresas que possuem ações afirmativas, em breve essa política completará duas décadas. O The Canadian and Aboriginal Supply Diversity Council (CAMSC), em menos de uma década, já conseguiu transferir 500 milhões de dólares para negócios liderados por grupos minoritários, conduzindo workshops, certificando empresas e abrindo canais de diálogo com grandes corporações canadenses.

No Brasil, nos últimos anos novos pequenos negócios foram crescendo, sobretudo na chamada base da pirâmide (classes C, D e E). Com o aumento do desemprego, muitas famílias apostaram no uso de suas economias para criar novos empreendimentos e buscar uma alternativa ao mercado de trabalho. Uma pesquisa do instituto Data Popular mostrou que 28% dos brasileiros com mais de 18 anos querem abrir seu próprio negócio. Renato Meirelles, diretor do instituto e coautor do livro *Um país chamado Favela*, ilustra esse cenário: "É o empreendedorismo que vai levar a favela adiante. O crédito dentro das comunidades é fundamental para a estratégia de crescimento sustentável dentro das favelas".

Nos últimos anos, é notório o surgimento de um subsegmento dentro do empreendedorismo, o chamado "afro-empreendedorismo", que tem um expressivo foco na economia criativa. Ao analisarmos esse segmento, observamos um número grande de marcas de roupas, produtos de beleza, acessórios de moda, editoras de livros, produtoras de vídeos, projetos de gastronomia e produtos de tecnologia, como sites, blogs e aplicativos, com o foco na cultura afro. Eventos catalisadores, como a Feira Preta, Future in Black, Expo Favela Innovation, em São Paulo, o Mercado Iaô e o Salvador Capital Afro, em Salvador, e os eventos de ONGs em favelas no Rio de Janeiro mostram que esta é uma tendência promissora. Assim como nos EUA, cada vez mais o conceito do "Black Money" tem apelo entre a juventude negra, que começa a sair das universidades depois de adentrar pelas políticas de ações afirmativas. A queixa, entretanto, desses empreendedores é a necessidade de mais conhecimento da área de negócios e a falta de acesso ao crédito.

Em 2013, o SEBRAE, o Instituto Adolpho Bauer e a Associação de Empresários Afrodescendentes lançaram o projeto Brasil Afro Empreendedor, com o objetivo de formar e dar mais visibilidade aos negócios gerenciados por negros. O projeto, pioneiro, conseguiu mobilizar centenas de empreendedores em quase todos os estados brasileiros e foi uma prova de que há uma demanda muito grande nesse segmento. Hoje, vários governos e empresas estão se movendo para apoiar essa agenda.

É preciso, portanto, pensar em alternativas e programas mais estruturados para auxiliar milhares de empresários e empreendedores negros/as do Brasil, na difícil missão de criar e gerenciar negócios em um cenário tão hostil de crise econômica e falta de investimentos. Da mesma forma, é preciso ajudar organizações tradicionais, que estão fechando suas portas por não conseguirem mais doações e por terem dificuldade em compreender que devem buscar soluções híbridas (entre o social e o comercial) para serem sustentáveis e sobreviverem. Dialogar com iniciativas internacionais é um caminho importante para preencher essa lacuna histórica.

Depois da saída de muitas fundações de apoio social do Brasil (quando o país ganhou destaque como membro dos BRICS), surgiu uma nova onda de investimento buscando mercados emergentes para o financiamento, dessa vez comercial, de negócios com soluções que atendam a "base da pirâmide". Os chamados negócios de impacto social são empresas que possuem fins lucrativos, mas, ao mesmo tempo, atendem uma demanda que não é considerada vantajosa por grandes corporações por conta do risco, falta de entendimento da realidade ou desinteresse. No Brasil, foram criados alguns fundos com esse propósito, a exemplo, o VOX Capital, um fundo de investimento de impacto social que busca empresas em operação e investe nessas iniciativas na condição de empréstimo, todos eles com capital internacional.

É preciso compreender como a lógica da transferência de recursos do mundo industrializado para os países em desenvolvimento mudou. Não se trata apenas da doação simples, mas de um investimento responsável, com base na transparência, no rigor fiscal e em metas objetivas.

Além disso, é necessário buscar cooperação com organizações negras em países como EUA, Canadá e Reino Unido para identificar parcerias estratégicas, de modo a alavancar os negócios negros. Também é crucial estabelecer maior integração com a região do mundo que mais cresceu economicamente na última década, o continente africano, com seus polos de desenvolvimento, como Joanesburgo (África do Sul), capital econômica da mais sólida economia africana; Accra (Gana), um forte polo têxtil e turístico; Nairóbi (Quênia) e Kigali (Ruanda), referências mundiais em tecnologias digitais; Lagos (Nigéria), com seu pulsante mercado consumidor interno; Abidjan (Costa do Marfim), um dos maiores exportadores de cacau do mundo; e Adis Abeba (Etiópia), hub área do leste africano e um dos países que mais crescem atualmente.

O desenvolvimento econômico é, de fato, uma das questões mais complexas do mundo. Ao mesmo tempo, é imperativo que as organizações negras brasileiras estejam cientes dos desafios que estão postos para enfrentar os dilemas do início do século 21.

O movimento negro brasileiro conseguiu colocar no debate nacional o tema do racismo de uma maneira muito eficaz, mesmo com as adversidades, enfrentando o mito da "democracia racial" e conquistando espaços importantes nas universidades, setores governamentais e, mais timidamente, na mídia. O ativista afro-americano Martin Luther King Jr, pouco antes de ser assassinado, dizia que a segunda etapa dos direitos civis (*civil rights*) era o direito à prata (*silver rights*), um trocadilho que falava justamente sobre a necessidade do empoderamento econômico. Na mesma linha, o líder jamaicano Marcus Garvey, no início do século passado, dizia: "O auge do empresariado negro ainda não foi atingido. Temos muito a caminhar. Queremos mais lojas, mais bancos e grandes empresas".

O escritor Franz Fanon disse, em um dos seus textos, que cada geração deve descobrir sua missão. A inclusão negra no setor produtivo da sociedade brasileira é a próxima barreira histórica que os afrobrasileiros precisam enfrentar. É necessário, portanto, cumprir o sonho de Marcus Garvey e fortalecer a comunidade negra, buscando autonomia financeira para construir um futuro com altivez e prosperidade.

Qual o papel do sistema financeiro no combate à discriminação racial? [12]

Por muito tempo, o debate sobre a inclusão da população negra no Brasil ficou limitado ao tema das ações afirmativas na educação e na legislação contra a discriminação interpessoal. Essas discussões, que foram importantes no início dos anos 2000, agora dão espaço a um novo debate: o papel das grandes empresas e do sistema financeiro na promoção da igualdade de oportunidades.

Por exemplo, em maio de 2017, o Banco Interamericano de Desenvolvimento (BID) organizou um encontro no auditório do Banco Itaú BBA, em São Paulo, que reuniu acadêmicos, ativistas, gestores de instituições de crédito e investidores para discutirem o tema da diversidade nos negócios. O evento contou também com o Vice-Presidente do Small Business Administration (é como se fosse o SEBRAE dos EUA), Eugene Cornell, que compartilhou com os participantes os casos de sucesso da instituição, dedicada a micro e pequenos empreendedores, especialmente aqueles oriundos de grupos socialmente excluídos.

Nos Estados Unidos, o Small Business Administration (SBA) atua não apenas oferecendo treinamento, mas também como fundo garantidor de operações de crédito para os negócios criados por negros e mulheres, além de oferecer

---

[12] Publicado no site Medium: https://medium.com/@paulorogerio81/qual-o-papel-do-sistema-financeiro-no-combate-%C3%A0-discrimina%C3%A7%C3%A3o-racial-por-paulo-rog%C3%A9rio-nunes-d56468f77773. 7 de setembro de 2017

linhas de crédito com taxas mais amigáveis para que estes empreendimentos sejam bem-sucedidos. A lógica por trás dessas ações está no fato de que esses empreendedores, normalmente, atuam em nichos de mercados ainda não alcançados por empreendedores tradicionais. Muitos desses negócios, vale lembrar, possuem alto impacto social e capacidade de escala.

Enquanto no Brasil o tema ganhava força, sobretudo entre os anos de 2012 a 2017, surgiam várias startups gerenciadas por afrodescendentes, como a Kilombu (diretório de negócios negros); loja Kumasi (marketplace); AfrôBox (clube de assinaturas para produtos de beleza negra); Saladorama (franquia de saladas em favelas); e Conta Black (fintech). Além disso, três projetos de cartões pré-pagos foram lançados com foco nesse público no período. Essa fase, ao meu ver, foi o embrião do que viria anos depois: um verdadeiro boom de negócios negros.

Apesar do significativo aumento de negócios liderados por afrobrasileiros, os empreendedores negros queixam-se de discriminação racial dentro do sistema financeiro e no acesso ao crédito. Segundo o economista e professor PhD Marcelo Paixão (Universidade do Texas), autor do estudo, a convite do BID, *Acesso ao Microcrédito por Empreendedores Afrodescendentes* (2017), 37% dos donos de negócios negros têm seus pedidos de crédito totalmente negados.

Um dos motivos seria a falta de confiança dos agentes financeiros em pessoas negras, uma discriminação muitas vezes gerada de maneira inconsciente. Isso se dá pelo fato de empreendedores negros tradicionalmente não possuírem patrimônio elevado e também em função do racismo institucional, que faz com que pessoas negras e moradores de periferias sejam percebidos como pouco confiáveis quando apresentam seus planos de negócios para bancos públicos, privados ou investidores.

Porém, "sem crédito não há capitalismo", afirma o pesquisador Marcelo Paixão, que acredita no poder dos pequenos negócios para reduzir as desigualdades sociais brasileiras. Lembrando ainda que o poder do mercado nos EUA vem justamente dos pequenos e médios empreendimentos, ao levantarem recursos nos mercados para alavancarem suas ideias, como acontece no Vale do Silício.

Uma das críticas do movimento afro-empreendedor ao "racismo econômico" é que há bastante "ação afirmativa" para grandes corporações, quando tomam empréstimos com taxas "generosas" de instituições públicas como o BNDES. Porém, há pouca atenção para os pequenos empreendedores, que tentam driblar o racismo cotidiano no mercado de trabalho e que muitas vezes não possuem nenhum tipo de apoio para seus empreendimentos.

O Brasil, apesar das últimas crises econômicas, ainda está entre as dez maiores economias do mundo, mesmo em um ambiente hostil aos empreendimentos comunitários e de segmentos historicamente discriminados. Se houvesse mais inclusão, certamente estaríamos em uma posição melhor e com melhores indicadores sociais. Os ativistas do campo econômico chamam a atenção das grandes empresas, no sentido de que elas também precisam se comprometer com o tema da diversidade, não apenas em sua publicidade, mas também no recrutamento para programas de treinamento e na compra de produtos oriundos de empresas geridas por afrodescendentes.

Nos EUA, a chamada "Supply Chain Diversity", ou "Diversidade na Cadeia Produtiva", é um movimento que gera bilhões de dólares para os segmentos minoritários, além de retorno de imagem para as empresas. Um bom exemplo é o grupo Billion Dollar Roundtable [13], que reúne grandes multinacionais, como Toyota, Apple, P&G e Ford, e que já alcançou a meta de comprar, pelo menos, um bilhão de dólares de pessoas negras, mulheres e demais segmentos historicamente excluídos. Esperamos que essa tendência chegue por aqui, gerando riqueza e colocando o Brasil na rota do crescimento novamente.

---

[13] www.billiondollarroundtable.org

Nosso Silício é o Dendê! [14]

Todo mundo que gosta de tecnologia já ouviu falar sobre o Vale do Silício, a região geográfica da Califórnia com centenas de empresas digitais, localizada às margens da Baía de São Francisco. Mas certamente poucos fazem ideia de que cidades como Nairóbi, no Quênia; Kigali, em Ruanda; e Adis Abeba, na Etiópia, também estão criando ecossistemas de empresas para se reposicionarem como centros de inovação.

É que, infelizmente, nosso radar ainda está calibrado para olhar unicamente para os países do Atlântico Norte como detentores de tecnologia e desenvolvimento. Porém, é fato que a globalização, que anda em risco nos últimos tempos, vem produzindo um fenômeno interessante do ponto de vista histórico. A rota da inovação já não é mais aquela que sai apenas da Europa ou dos Estados Unidos.

Aqui mesmo no Brasil, por muito tempo, olhávamos para o Sudeste como a única possibilidade de desenvolvimento e duvidávamos de que algo no eixo Norte-Nordeste pudesse tornar-se global. Entretanto, há muitos equívocos nessa teoria que coloca nossa região como inferior ou incapaz. Primeiro, porque o mundo se parece mais com as periferias do Nordeste do que com Nova Iorque e Londres. Ou seja, uma solução criada por uma jovem negra, moradora de periferia, tem mais possibilidade de escala global do que outra criada por um "geek californiano". Afinal, os desafios de mobilidade

---

[14] Publicado no jornal Correio: //www.correio24horas.com.br/colunistas/consciencia-negra/nosso-silicio-e-o-dende-1118. 16 de novembro de 2018.

urbana, saneamento e habitação são similares nos países da América Latina, da África e até mesmo do Sudeste Asiático.

E onde a cidade de Salvador entra nessa história? Ora, a Roma Negra carrega em si um legado de cultura e inovação. Qual outra cidade do Brasil tem vocação maior para a Economia Criativa (a principal moeda do século 21)? Qual outra capital possui tanta conexão histórica com o continente africano? E, por fim, quem duvida que as startups baianas tenham potencial para se tornarem líderes em segmentos como turismo, agricultura ou música? É por isso que criamos, em 2016, uma organização chamada Vale do Dendê. Não para imitar o Vale do Silício, tampouco outros polos de inovação no Brasil, mas, sim, para lançar luzes sobre um ecossistema baiano que tem como combustível a diversidade, com um novo olhar sobre as periferias e as zonas rurais.

Em 2018, o Programa de Aceleração da Vale do Dendê recebeu 107 inscrições em sua primeira edição, e algumas das empresas aceleradas dialogaram e receberam propostas de investidores. Nos anos seguintes, tantas outras seguiram o mesmo caminho. Em 2024, o número de empresas alcançadas pelos programas da Vale do Dendê passou a marca de 2 mil CNPJ e consolidamos dois hubs físicos em Salvador (Pelô e Lapa), além de abrir nossa primeira unidade internacional em Cabo Verde, no continente africano.

Temos certeza de que outras tantas darão continuidade a essa jornada. Afinal, o perfil do empreendedor de periferia está mudando rapidamente. Dos 184,3 mil Microempreendedores Individuais (MEI) registrados em Salvador na época da criação da Vale do Dendê, 12,4% atuavam com negócios pela internet. Hoje esse número é certamente bem maior, sobretudo após a pandemia, que forçou uma digitalização muito rápida do comércio. Este índice, por si só, mostra que o digital está sendo apropriado pela base da pirâmide cada vez mais. Ou seja, a possibilidade de um "novo Uber" sair de uma favela baiana é real.

Nós acreditamos nesse Brasil. Um país de gente criativa que, apesar do racismo institucional, vem dando sua contribuição para a construção de um novo modelo de desenvolvimento econômico. Para alcançar esse patamar de inclusão, precisamos de investimentos públicos, fortalecimento da sociedade civil e do apoio das empresas.

Mas tudo isso só fará sentido se as soluções forem pensadas a partir de novos pilares: a cocriação, a colaboração e a inclusão dos afrodescendentes e mulheres que vivem nas periferias das cidades. Sabemos que Salvador pode se tornar uma das cidades mais inovadoras do planeta, suas credenciais para isso são a força criativa e a nossa grande disposição para o trabalho. Afinal, nossa cultura é singular. E o nosso Silício é o Dendê.

Texto manifesto quando da criação da Vale do Dendê em 2016, escrito por mim, Paulo Rogério Nunes e Rosenildo Ferreira (um dos cofundadores da Vale do Dendê, ao lado de Itala Herta e Helio Santos), publicado pelo jornal Correio da Bahia com as devidas atualizações para o contexto de 2024.

Da Senzala para uma Black Wall Street

Em fevereiro de 2017, cerca de 500 empresários, executivos e investidores negros dos Estados Unidos se reuniram no famoso hotel Grand Hyatt, em Nova Iorque, para celebrar os 20 anos do projeto Wall Street, iniciativa da organização Rainbow Push Coalition, liderada pelo Reverendo Jesse Jackson, um dos principais líderes do movimento pelos direitos civis nos Estados Unidos. O projeto tem como objetivo sensibilizar as instituições financeiras e grandes corporações a gerarem oportunidades econômicas para os afro-americanos, que compõem 13% da população estadunidense. Eu, por sorte, estava lá para ver esse momento histórico.

O encontro reuniu grandes nomes de Wall Street, o maior distrito financeiro do mundo, como representantes do Citibank, Wells Fargos, Bank of America, além de empresas como GM, Coca-Cola, American Express etc. Ademais, o encontro mostrou o poder do Black Money (termo usado para indicar o poder econômico e de consumo da população afrodescendente). Apesar das enormes barreiras encontradas pelos afro-americanos, a comunidade negra dos EUA possuía um poder de consumo, já naquela época, de 1,2 trilhão de dólares, e alguns dos empresários negros contaram suas histórias de sucesso no evento.

Uma delas é a história de John W. Rogers Jr., dono da empresa Ariel Investments, um fundo, criado em 1983, que gerencia um portfólio de 10 bilhões de dólares. A empresa é o maior grupo de investimentos *minority owned*, expressão que significa negócios gerenciados por negros, mulheres e demais grupos subrepresentados. Outros destaques do evento foram o gestor global de investimentos do Citibank, Raymond J. McGuire, e o *publisher* da revista *Black Entreprise*, Earl Graves Jr. Um fato curioso e diferente para os padrões brasileiros é que nos Estados Unidos as grandes empresas possuem uma política muito transparente para diversificar suas cadeias produtivas ao comprar serviços e produtos nas mãos de empresas negras. Só a Coca-Cola comprou mais de 1 bilhão de dólares na mão de grupos subrepresentados nesse período. Além disso, há uma discussão muito forte sobre o papel dos fundos de pensão na promoção da diversidade. A lógica é a de que os recursos dos funcionários negros são retirados compulsoriamente nos fundos e, portanto, essas instituições precisam investir em empresas negras. A mesma lógica é discutida com as empresas de capital aberto (IPO), que são de interesse público e devem estar sincronizadas com as demandas da sociedade.

Nos jantares e encontros de corredor, era possível perceber o poder e influência do grupo que tinha desde investidores na área de petróleo e gás, investidores no mercado de ações e associações de fazendeiros negros, que tentavam se juntar para participar do fluxo global de importação e exportação de alimentos. Os participantes lembravam que já no século 19 eles tiveram um distrito financeiro negro no sul dos Estados Unidos, o Black Wall Street. Vale mencionar que ainda hoje há cerca de 60 bancos negros nos EUA. Outro aspecto levantado foi o fato de que o continente africano deve ser visto como elemento estratégico para o empoderamento global dos afrodescendentes. Mercados sólidos, como a África do Sul; ricos em minerais, como o Congo; ou emergentes, como Nigéria e Gana.

Para os negros, o reverendo Jesse Jackson foi muito direto em sua mensagem: "Gaste menos do que você ganha e poupe sempre. Invista em negócios e ajude sua comunidade". Já para os não-negros, a mensagem foi igualmente forte: "Não queremos apenas os *Civil Rights* (direitos civis), queremos também os *Silver Rights* (direitos econômicos)". Os participantes lembraram que Wall Street, em Nova Iorque, foi criado por africanos escravizados e era um bairro negro antes de se tornar o distrito financeiro mais poderoso do planeta.

Dias depois do evento, uma novidade surgiu na imprensa dos Estados Unidos, para confirmar que os afro-americanos são incisivos quando falam de empoderamento econômico. Um poderoso mago do rap havia anunciado a criação de um fundo de investimento no formato Venture Capital para investir em tecnologias. Pelo jeito, ainda vem muito pelo Black Money por aqui. Quem sabe essa onda de investimentos em diversidade chega ao Brasil também?

O dia mais longo da história [15]

Como diz um dos criadores das ações afirmativas no Brasil, Dr. Helio Santos, se há um dia que marcou definitivamente a nação brasileira (e sua economia), foi o dia 14 de maio de 1888, precisamente um dia após a abolição da escravidão racial no país, ou como ele apelidou essa data: "o dia mais longo da história do Brasil". Desde então, a economia brasileira vem perdendo bilhões de reais por não compreender que nunca seremos uma potência global se continuarmos a desperdiçar talentos.

O Brasil foi o último país nas Américas a eliminar a prática criminosa e cruel da escravidão racial, e diferente de outros países, por aqui, não houve nenhum tipo de compensação ou indenização para as famílias escravizadas. Aliás, vale lembrar que o debate público acerca do fim da escravidão não era sobre indenizar os descendentes de africanos, mas compensar financeiramente os donos de fazenda que perderam seus ativos econômicos, ou como chamam hoje, seus *assets*. Essa demanda dos fazendeiros foi parcialmente concretizada, basta ver o conteúdo das leis da época.

Marcado por cerca de 300 anos de acúmulo de capital gratuito, o "mercado luso-brasileiro" foi, portanto, um dos que mais se beneficiaram da escravização de seres humanos de origem africana. E antes que alguém traga o argumento da "escravidão entre africanos", já sabemos que estamos falando de uma modalidade diferente (porém igualmente condenável) de conquista de territórios entre etnias, não de

---

[15] Publicado na revista Exame: https://exame.com/colunistas/opiniao/o-dia-mais-longo-da-historia/. 13 de maio de 2020

um sistema de exploração tricontinental, um modo de produção específico baseado na escravização de africanos e seus descendentes, legitimado por ideologias racistas, conforme explicam historiadores como Clóvis Moura e Luiz Felipe de Alencastro.

O debate que importa – ao menos para este texto – é sobre o trabalho africano não remunerado no Brasil. Alguns estatísticos precisam fazer essa conta atualizada com urgência. Nos Estados Unidos, segundo o jornal *Washington Post*, um pesquisador da Universidade de Connecticut chamado Thomas Craemer publicou em 2016 uma nova estimativa do valor do trabalho escravo gerado para o empresariado norte-americano no período de 89 anos (entre a fundação do país e a Guerra Civil): o total chegava à cifra de US$ 5,9 trilhões.

Como sabemos, o capital se recicla, e o capital da escravidão está entre nós ainda nos dias atuais, seja na forma de propriedades imobiliárias, ações na bolsa de valores, heranças, como vantagem competitiva (crédito) ou simbólica (networking) para muitas famílias de origem europeia. Quando não são beneficiados diretamente por herança, certamente, no mundo dos negócios, ser eurodescendente, ou não ter pele e traços negros, sempre foi (e ainda é) uma grande vantagem simbólica. O fenótipo aqui no Brasil é um cartão de visitas no mundo dos negócios.

Para entender o presente é preciso revisitar a história. Recentemente, em um grupo de WhatsApp da minha família paterna, vi pela primeira vez as fotos de meus bisavós, aqui da Bahia. Descobri que meu bisavô nasceu em 1898 (dez anos após o fim da escravização) e minha bisavó, em 1900.

Pausa para uma reflexão. Pare para pensar comigo: o que você estava fazendo em 2010? Quão distante esse ano é para você? Lembro bem de 2010. Recordo-me do resgate dos mineiros no Chile, do grande terremoto no Haiti e do fiasco do Brasil na Copa da África do Sul, onde todos condenaram (injustamente?) o técnico Dunga, o que adiou o sonho do hexa para quatro anos depois, em 2014. Parece pouco tempo, não é? Percebeu que dez anos na história não são quase nada?

É por isso que minha tia-avó me contou sobre como seu pai (meu bisavô) chorava ao lembrar-se de sua infância, quando teve que fugir do município de Pedrão para a atual cidade de Amélia Rodrigues, no coração do Recôncavo Baiano, tentando escapar literalmente da escravização para trabalhar em fazendas como "homem livre". Ao refletir sobre esse assunto, percebi que apenas três gerações me separam do período em que pessoas com a minha cor eram tratadas como mercadoria.

E você, leitor, pode estar se perguntando: e o que isso tem a ver com negócios? Tudo! Afinal, como acumular patrimônio em uma sociedade pós-escravista e ainda racista? Se até o ano de 1871 (quando foi aprovada a Lei do Ventre Livre[16]) nem dinheiro de doação era permitido ao escravizado ter. Como adquirir educação financeira se não há o *generational wealth* (riqueza que passa para outra geração), como dizem os norte-americanos? *Pai Rico, Pai Pobre*, já leram? Pois é.

Esse não é um problema restrito ao Brasil. Meu amigo e parceiro de negócios David Wilson, que é afro-americano, descobriu que o seu bisavô foi escravizado em uma fazenda na Carolina do Norte e que o bisneto do dono da fazenda também se chama David Wilson. Uma coincidência sombria e inusitada que fez com que o meu amigo criasse o documentário *Meeting David Wilson* (Encontrando David Wilson),

---

[16] Lei disponível em https://www.planalto.gov.br/ccivil_03/leis/lim/lim2040.htm

exibido no MSNBC, conceituado canal de TV dos Estados Unidos.

Incomoda-me um pouco como o tema do racismo é tratado no Brasil. Nos últimos anos, temos debatido muito a discriminação e a representatividade, mas o cerne da questão é econômico. É disso que queremos falar quando abordamos o tema da igualdade. Fato é que uma parte do Brasil teve seus territórios invadidos (povos originais), outra trabalhou séculos de graça para o empresariado brasileiro (africanos), uma outra recebeu terras gratuitamente (os burocratas portugueses) e uma última, que chegou pobre, fugindo de guerras, mas era livre e contou com vantagens do Estado brasileiro para empreender – especialmente no caso dos imigrantes europeus, que antecederam os asiáticos (sobretudo japoneses) e os do Oriente Médio (judeus, sírios e libaneses).

Apesar das complexidades naturais dessas relações, das conhecidas lutas pela liberdade, da grande miscigenação que tivemos e das exceções (para confirmar a regra), esse é o resumo básico do país que chamamos hoje de Brasil. Essa é a "sinopse" desse filme dramático. Não precisa ser especialista para entender isso. Segundo a Pesquisa Nacional por Amostra de Domicílios Contínua (PNAD Contínua) de 2021, feita pelo IBGE, cerca de 27% da população brasileira, ou 57,4 milhões de pessoas, vive abaixo da linha da pobreza, definida pelo Banco Mundial como pessoas que vivem com menos de US$ 5,50 por dia. Do total de pessoa nessa condição, 75% são afrodescendentes.

A questão importante para construirmos um futuro melhor é: como fazer que essa geração atual de descendentes de africanos consiga corrigir ou minimizar o impacto de mais de três séculos de entrega forçada dos serviços de seus ancestrais para a geração de riqueza alheia? Não estou falando aqui de utopia ou ideologia. É sobre economia mesmo. Nenhuma nação pode ser próspera e coesa sem reparar seus erros históricos. Segundo o escritor Laurentino Gomes, autor do livro *Escravidão*, mais de 10 milhões de africanos desembarcaram no Brasil (aproximadamente, a população atual de Portugal), sendo que 1,8 milhão morreram na travessia do Atlântico, embarcados nos tumbeiros em condições sub-humanas.

Dentro do modelo econômico que vivemos hoje, como podemos transferir riqueza para os segmentos mais em desvantagem historicamente? É uma pergunta complexa e difícil de responder, ainda mais no momento que estamos vivendo, mas que precisa ser respondida com urgência. Se a situação está ruim para o mercado em geral, ela está ainda pior para quem começou esse "jogo" em desvantagem.

Os fundos de investimento (Venture Capital, Private Equity, Familly Offices etc.), bancos, "investidores-anjos" e demais agentes econômicos precisam entender que essa inclusão é boa para todos. Para a classe média, profissionais liberais e trabalhadores de corporações, fica a questão: como usar sua influência e força de trabalho para promover mais igualdade? Não dá para pedir que se use o modelo *bootstraping* (iniciar uma empresa sem recursos, com "suas próprias botas") para famílias cujos ancestrais nem calçados tinham, literalmente. Aliás, ter sapatos era símbolo de liberdade para os africanos alforriados.

O afro-americano Jonh Hope Bryant, autor do provocativo e irônico livro *Como os pobres podem salvar o capitalismo*, faz uma crítica incisiva sobre a necessidade da brutal desconcentração do capital na mão da parcela do 1% mais rico. Não é uma questão de caridade, é bom senso. O sistema econômico da forma que está nos levará a um colapso. Ainda mais com o aumento da automação, robótica, inteligência artificial e o fim dos empregos de baixo valor agregado. Pagaremos um preço muito caro.

O escritor Josué de Castro, em seu livro *Geografia da fome*, disse: "Metade da humanidade não come e a outra metade não dorme, com medo da que não come". Que no dia 14 de maio de 2020, de 2024 ou 2025, possamos refletir sobre qual o Brasil que queremos nos próximos anos e como seremos lembrados na história. Precisamos todos, juntos, independente da origem e cor da pele, construir um país mais justo economicamente.

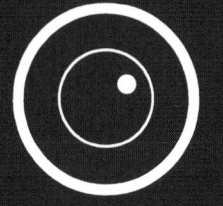

UMA OUTRA MÍDIA
(AINDA) É POSSÍVEL?

Nesse futuro brilhante,
você não pode se esquecer do seu passado

In this great future,
you can't forget your past

Bob Marley, Woman no Cry

O Poder Econômico da Diversidade no Cinema [17]

A notícia de que o cineasta afro-americano Tyler Perry se tornou oficialmente bilionário surpreendeu muitas pessoas no Brasil. Afinal, aqui em nosso país, tanto a indústria do cinema ainda não alcançou um patamar alto na circulação de capital, como é quase inexistente a história de pessoas negras milionárias, muito menos bilionárias. Nos Estados Unidos, essa história só é possível por conta de uma próspera indústria audiovisual e também de um maior protagonismo negro no cinema, que se intensificou bastante nas últimas décadas depois de longos debates sobre o tema na mídia e nas redes sociais.

Do movimento Blaxploitation nos anos 1970, passando pela obra icônica de Spike Lee, o cinema negro vem se consolidando nos Estados Unidos a cada década. Os mais recentes sucessos, como *Moonlight* (vencedor do Oscar), *Get Out* (do diretor Jordan Peele), o trabalho magistral da cineasta Ava DuVernay, as séries da produtora Shonda Rhimes (*Scandal / How to Get Away with Murder*) e as produções financiadas pela empresária Oprah Winfrey (como *Selma e Greenleaf*) provam, de fato, que a diversidade no cinema é um sucesso econômico.

Mas é fato que essa visibilidade mais recente aconteceu justamente por força do movimento das redes sociais, com a hashtag #OscarSoWhite, em que artistas, diretores e celebri-

---

[17] Publicado na revista Exame. https://exame.com/revista-exame/o-cinema-negro/

dades afro-americanas foram a público questionar a falta de representatividade em Hollywood.

A triste e precoce morte do ator Chadwick Boseman, que interpretou o personagem Rei T'Challa no filme *Pantera Negra* (Marvel/Disney), mostrou o poder das narrativas negras no cinema mundial. O tuíte sobre o assunto foi o mais curtido da história da rede social e aqui no Brasil a exibição do filme pela Rede Globo bateu recordes de audiência e repercussão. O longa trouxe o tema do afrofuturismo para o *mainstream* e tornou-se mais do que uma simples obra de cinema: virou um fenômeno cultural.

Nos Estados Unidos, o cinema africano ganhou muita relevância econômica nos últimos anos. A chamada Nollywood, indústria de cinema nigeriana, gera bilhões de dólares anualmente e é a segunda maior indústria empregadora do país. Filmes como *The Wedding Party*, dirigido pela cineasta nigeriana Kemi Adetiba, chegaram com muito sucesso à plataforma de streaming Netflix. Na mesma linha, o mercado sul-africano está muito aquecido. Séries como *Queen Sono*, do diretor executivo Kagiso Lediga, também na Netflix, mostram um continente africano moderno e dinâmico. Outros países buscam espaço nesse efervescente mercado do cinema negro global, como Etiópia, Costa do Marfim e Gana.

A "guerra" dos streamings deve intensificar a busca por narrativas afrocêntricas, seja para filmes, séries ou animações. Players como Amazon, Disney, Viacom, Paramount e Globoplay estão se movimentando nesse sentido. Não por acaso, a discussão sobre filmes negros tem tomado espaço dentro do debate cultural, como foi o caso de *Black is King*, da cantora Beyoncé com a Disney.

É de se perguntar: como fica o Brasil nessa disputa global por produtos culturais de temática afro no audiovisual? Mais uma vez, seremos coadjuvantes e perderemos uma oportunidade de injetar bilhões de reais em nossa economia por não apostar na diversidade?

Historicamente, em nosso país, temos dado pouco (ou quase nenhum) espaço para as centenas de profissionais negros/as que atuam no audiovisual. Nomes como Zózimo Bulbul e Adélia Sampaio precisam ser mais lembrados pela sua contribuição ao cinema nacional. Cineastas contemporâneos, como Joel Zito Araújo, Jeferson De e Viviane Ferreira, empurram ainda mais uma nova geração que está ganhando festivais mundo afora com suas produções.

Esse é o momento, portanto, de impulsionar as carreiras e histórias afro-brasileiras. São narrativas que possuem maior potencial de alcance global, em virtude da relevância cultural do tema étnico-racial em outros países com contextos similares, do que as que estamos acostumados a ver na TV. Quem sabe o nosso sonhado Oscar não venha para o Brasil justamente por mãos negras, tão ignoradas na indústria nacional?

Temos todo o potencial para criar uma indústria audiovisual forte no Brasil ao incluir mais diversidade na frente e por trás das câmeras. Além disso, precisamos descentralizar a fonte das histórias, que hoje se concentra no eixo Sul-Sudeste. Cidades como Salvador, Recife e Belém podem ser novos polos de produção para trazermos novas narrativas afro-indígenas para o audiovisual. Investir no cinema diverso é apostar em histórias que podem fazer nosso país mais próspero, além de ser justo com o passado e o presente de um Brasil que, ironicamente, ainda não se reconhece em suas próprias telas.

O dia que Viola Davis fez história no Brasil [18]

Em setembro de 2022, o Teatro do Copacabana Palace, no Rio de Janeiro, viveu um momento histórico que será lembrado por muitos anos: a pré-estreia do filme *A Mulher Rei*, estrelado por Viola Davis e distribuído pela Sony Pictures. O longa conta a saga de Nanisca, uma general africana do antigo Reino do Daomé (atual Benin). A história aborda assuntos complexos e até tabus, como a escravidão pré-ocidental (que foi diferente da racial, criada por europeus), a colaboração das elites africanas com esse sistema e as tensões entre esses grupos em torno da questão do fim dessa forma de opressão, para dar lugar à unidade panafricana e anticolonial.

Voltando ao evento do Rio, o que chamou a atenção de todos os presentes foi o fato de que, pela primeira vez na história recente, uma estrela negra de Hollywood fez uma pré-estreia para uma plateia majoritariamente negra. O *red carpet* carioca se tornou, num lance inusitado, um *black carpet*, repleto de artistas, escritores, roteiristas e demais celebridades afro-brasileiras, recepcionados por Taís Araújo e Lázaro Ramos, os anfitriões da noite. Dentre os nomes presentes no evento estavam Elisa Lucinda, Antônio Pitanga, Conceição Evaristo, além de influenciadores como Tia Má, Roger Cipó, Iuri Maçal e mais algumas centenas de pessoas.

O evento, coproduzido pela Agência Casé Fala, foi um verdadeiro manifesto em prol de narrativas negras no cine-

---

[18] Publicado na revista Exame. https://exame.com/casual/com-viola-davis-a-mulher-rei-estreia-no-brasil-fazendo-historia/ 21 de setembro de 2022

ma, reafirmando uma tendência de lançamentos negros de sucesso, como o filme *Medida Provisória*, de Lázaro Ramos, que já ganhou dezenas de prêmios pelo mundo e lotou salas de cinema em todo o Brasil. Sem esquecer de *Marte Um*, filme do cineasta mineiro Gabriel Martins nomeado ao Oscar em 2023.

Já escrevi sobre o poder do cinema negro em 2020 e creio que todo prognóstico que fiz na época vem se cumprindo aos poucos. Se o Brasil abrir espaço para essa nova safra de jovens (e não tão jovens) cineastas, roteiristas, produtores e escritores adaptarem ou criarem suas histórias para a tela do cinema, poderemos ter aqui uma verdadeira "Hollywood negra" em gestação.

A noite no Rio, nossa "Los Angeles" tropical (pela quantidade de artistas), foi não apenas emocionante, mas certamente memorável. Ver aquelas escadas de um dos maiores símbolos da elite carioca repletas de pessoas de cor azeviche, com suas batas africanas, colares étnicos e sorrisos lindos, foi o vislumbre de que há esperança para o cinema brasileiro. As pessoas estavam ali não só prestigiando o belo trabalho que Viola Davis, seu esposo e time criaram, mas também buscando uma motivação extra para continuarem lutando por seus trabalhos.

Afinal, como Viola disse em sua sessão de perguntas e respostas após o final do filme, mesmo em Hollywood, ela teve que lutar muito com os produtores para que a película existisse e tivesse o tom que ela queria. No caso, o protagonismo de mulheres de pele retinta, com muita força e melanina, mostrando que podemos contar qualquer história, seja ela em forma de documentário ou ficção.

Nesse sentido, um plano de marketing bem pensado e direcionado para incluir a população negra faz toda a diferença. Por isso, quando a Sony contratou o time de Casé Fala e AFAR Ventures, da qual sou sócio, para desenhar essa estratégia, foi um diferencial para que a mensagem chegasse a quem mais interessa, de maneira autêntica.

Não quero dar muitos spoilers para quem não assistiu, mas me chamou a atenção o papel do Brasil no filme. Como já era de se esperar (para quem estuda a história da escravidão), a relação Benin-Portugal e Brasil foi intensa e cruel. Mas não esperava ver tantos diálogos em português. Outra coisa interessante é o fato de o dendê aparecer na narrativa, algo que para os baianos, em especial, é muito comum na culinária e na vida cotidiana. É ele, o dendê, mais uma vez que, na narrativa do filme, pode salvar os africanos, assim como o vibranium de Wakanda, a nação africana ficcional de *Pantera Negra*.

Por fim, é preciso registrar que a provocação de Viola ecoou muito na sala do teatro do Copacabana Palace. Segundo ela, depende de nós fazer com que o filme seja um sucesso para mostrar ao mundo até onde vai o poder da narrativa negra.

Pantera Negra aposta na diversidade e entra para a história [19]

O grande interesse que o filme causou no público e na crítica confirma o acerto de trazer para o mainstream do cinema uma narrativa tão rara e que preenche a lacuna da falta de heróis negros na mídia.

"Esse foi o melhor filme que já fizemos", afirmou categoricamente o presidente da Marvel, Kevin Feige, ao comentar o sucesso de *Pantera Negra: Vida Longa ao Rei*", que entrou em cartaz e fevereiro de 2018 nos principais cinemas do mundo. O filme causou grande interesse de público e crítica não apenas pelo ineditismo da obra (que tem um diretor jovem e negro, Ryan Coolger, e um casting de mais de 90% de atores afrodescendentes), mas, sobretudo, por trazer para o *mainstream* do cinema uma narrativa tão rara. Trata-se de uma história afrofuturista e que preenche a lacuna da falta de heróis negros na mídia.

O filme fala de uma nação africana escondida do Ocidente, a qual é altamente tecnológica e domina um mineral muito poderoso. A trama é repleta de referências à questão racial, ao feminismo negro, ao colonialismo e às consequências da escravidão. Definitivamente, traz um novo olhar sobre o continente africano e sua diáspora. Vale lembrar que a imagem que temos de África no cinema é bastante depreciativa e

---

[19] Publicado na Meio e Mensagem: www.meioemensagem.com.br/opiniao/pantera-negra-aposta-na-diversidade-e-entra-para-a-historia. 20 de fevereiro de 2018

parcial, a despeito de existirem hoje grandes centros de inovação em países como Ruanda e Quênia, fato desconhecido por muitos.

Com um orçamento de US$ 200 milhões, *Pantera Negra* arrecadou mais de US$ 1 bilhão apenas em bilheteria e abriu caminhos para a sequência do filme e novas produções semelhantes. Afinal, a obra produziu a quinta maior arrecadação de estreia de todos os tempos, de acordo com a CNN. Segundo o jornal *Washington Post*, o longa-metragem tornou-se um "movimento cultural" em poucos dias de exibição. Salas lotadas e várias caravanas e "rolezinhos" de ativistas afrodescendentes abarrotando cinemas em todo o mundo. Pessoas usando trajes africanos, cosplays e, claro, muita gente emocionada com essa representatividade tão importante em um universo que quase sempre tem como protagonistas homens brancos.

Para quem trabalha com o tema da diversidade, o sucesso de *Pantera Negra* já era esperado. Nossa tese, que ainda é encarada como "mimimi" no Brasil, é de que quanto mais as empresas investem em políticas de diversidade, compreendendo e dialogando com seu público de maneira sincera, mais elas podem inovar e lucrar. Um pressuposto simples e que precisa ser incorporado pelo mercado publicitário e pelas empresas urgentemente. A consultoria McKinsey & Company, em seu estudo "A importância da diversidade", é enfática em afirmar: "empresas com diversidade étnica são 35% mais propensas a terem um desempenho financeiro superior".

A equação, a meu ver, é simples. Ao optar pela diversidade, contratando mais representantes de grupos subrepresentados, as empresas podem enxergar um nicho de mercado que está fora do seu radar, atender demandas reprimidas de seus consumidores e, finalmente, inovar mais, saindo da sua "bolha dogmática".

Vale lembrar que Pantera Negra, que tem atores como Chadwick Boseman, Lupita Nyong'o e Michael B. Jordan, torna-se ainda mais relevante, dado o momento político nos Estados Unidos (e também no Brasil), onde o tema racial ganhou força no debate público com movimentos como Black Lives Matter e a eleição do presidente Donald Trump. Segundo a instituição YouGov, 74% dos afro-americanos disseram ter interesse em assistir o filme (normalmente, apenas 15% diziam ir a filmes da Marvel). Vi essa mesma empolgação em Salvador, numa sessão especial organizada pela Marvel/Disney para artistas e comunidade local. Vi gente emocionada, muitas eufóricas e a maioria dizendo que era o primeiro filme do tipo que gostavam.

Esse é um filme verdadeiramente especial e que toca em temas importantes para quem luta contra o racismo. Os Panteras Negras, movimento social que surgiu no final dos anos 1960, inspirou movimentos negros ao redor do mundo, inclusive no Brasil, a exemplo de grupos como o Ilê Aiyê e o Movimento Negro Unificado. Outro ponto importante é que a produção também tem um grande apelo para pessoas nao-negras que buscam novas histórias, como a do reino de Wakanda, mas são obrigadas a assistirem as tradicionais lutas nas ruas de Nova Iorque. Ao buscar novas histórias, os roteiristas podem abrir novos caminhos criativos e atrair novos consumidores.

Os estúdios de Hollywood parecem que já entenderam a mensagem. A cineasta Ava DuVernay, autora do documentário *Décima Terceira Emenda*, conseguiu US$ 100 milhões da Disney para produzir o filme *A Wrinkle in Time*, que tem como atriz a magnata da mídia americana Oprah Winfrey. Até então, esse foi o maior orçamento dado a uma mulher negra na história do cinema mundial.

E no Brasil? Qual é o efeito de *Pantera Negra* no segregado mercado de comunicação e publicidade local? Será que finalmente teremos uma onda de investimentos em produções lideradas por afro-brasileiros (as), com novas narrativas que não sejam as tradicionais, onde pessoas negras são invisibilizadas e estereotipadas?

Grandes anunciantes internacionais alocam verba para investir em mídia negra [20]

Movimento começou nos Estados Unidos por força dos protestos contra o racismo e ainda demora a chegar ao Brasil.

Anos após a intensa movimentação pelos protestos contra o racismo em escala global, desencadeada pelo assassinato de George Floyd nos Estados Unidos, o que resultou no compromisso público assumido por empresas em apoiar a causa do empoderamento negro, chegou a hora de começar a ver as ações práticas geradas por milhões de hashtags que inundaram as redes sociais, como dizem os grupos ativistas negros. Com o avanço da pandemia e o aprofundamento do abismo social e racial, esperava-se uma prestação de contas do real compromisso das empresas com o tema.

Nos Estados Unidos, essa foi uma cobrança de vários ativistas, porém um segmento especial chamou atenção pela proporção que tomou no debate público: o investimento da verba publicitária das corporações na chamada "*black owned media*", algo que pode ser traduzido como "empresas de mídia de propriedade negra". Na prática, estamos falando de jornais, TVs, rádios ou veículos digitais (portais, serviços de streamings etc.), que nos Estados Unidos são dezenas, a

---

[20] Publicado no site Notícia Sustentável. https://www.noticiasustentavel.com.br/anunciantes-midia-negra/. 25 de janeiro de 2022

exemplo de veículos como Revolt TV, *Ebony Magazine*, Urban Edge Networks e The African Channel.

Empresas como a montadora GM destinaram 8% de sua verba publicitária para mídias negras. Mas isso somente aconteceu após proprietários de mídia negra, como o empresário Byron Allen (que possui dezenas de canais, a exemplo do Weather Channel e The Grio), acusarem a companhia de discriminação racial por investir, até então, somente 0,5% da sua verba publicitária de 2,7 bilhões de dólares em mídias controladas por afrodescendentes.

Em março de 2021, Allen publicou um anúncio de página inteira em vários jornais importantes dos Estados Unidos acusando a CEO de uma grande montadora de carros de discriminação. A carta também foi assinada por Ice Cube, Roland Martin, Don Jackson, Earl "Butch" Graves da revista *Black Enterprise*, Junior Bridgeman da *Ebony Magazine* e Todd Brown da *Urban Edge Networks*.

Na sequência da polêmica, o grupo global de agências de publicidade WPP anunciou 2% de seu mega orçamento para empresas negras de mídia com o programa Boost Black Media. Outra grande gigante de publicidade global que resolveu investir na mídia negra foi a IPG Mediabrands, ao alocar até 5% do seu orçamento global em mídia negra até 2023. A companhia é o braço atuante no Brasil do Grupo Interpublic, que concentra empresas de mídia, dados, tecnologia e conteúdo. Outras empresas que também manifestaram interesse em apoiar a mídia negra nos Estados Unidos foram a cadeia de supermercados Target, a empresa de telefonia Verizon e a gigante Procter & Gamble.

No Brasil, justamente por falta de investimento, a propriedade negra de comunicação tradicional é quase nula; por outro lado, há um forte movimento de mídia digital negra desde os anos 90 e que agora ganha mais volume. Alguns são veículos e startups de propriedade negra, outras direcionadas para esse público. Sem contar que há no ecossistema centenas de influenciadores e produtores de conteúdos independentes.

O processo de mídia negra no Brasil vem se acelerando. De 2019 para cá foram lançados canais de TV como Trace Brasil e BET (do grupo Viacom), serviços de streaming e canais digitais como a Wolo TV, Cultne.TV, Todes Play e AFRO.TV. Além disso, há dezenas de portais em operação, como o Notícia Preta, Voz das Comunidades, Correio Nagô, Mundo Negro, Alma Preta, Africanize, dentre outros. Soma-se ao ecossistema organizações sociais e escolas de comunicação que fazem treinamento de profissionais pretos(as), como o Instituto Mídia Étnica.

O "Agências e Anunciantes", especial produzido pela *Meio e Mensagem*, trouxe o ranking das marcas que mais compravam mídia no Brasil. Quanto do orçamento dessas grandes empresas está sendo direcionado para a mídia negra? Segundo pesquisa da AFAR Ventures[21], encomendada ao Instituto Locomotiva, sobre o consumo de conteúdo pela comunidade negra, 1 em cada 3 entrevistados prefere ver filmes com protagonistas negros, porém 63% das pessoas pretas acham difícil encontrar filmes com esse perfil inclusivo.

Certamente, se houvesse um direcionamento de recursos no Brasil de ao menos 5% da verba publicitária para a comunidade negra (que representa 56% dos consumidores), teríamos uma geração de empregos diversos no setor de comunicação. Além de uma maior pluralidade de vozes e narrativas

---

[21] Pesquisa disponível em: https://afarventures.com/

na mídia e novas abordagens para os consumidores cansados da comunicação padronizada e homogênea.

REFERÊNCIAS

1. HAYES, Dade. *Byron Allen-Led Effort To Funnel Ad Dollars To Black-Owned Media Locks Support From A Second Giant Holding Company, GroupM: "This Is The Conversation White America Doesn't Want To Have"*. Deadline, 10 mai. 2021. Disponível em: https://deadline.com/2021/05/byron-allen-black-owned-media-groupm-interpublic-1234753106/
2. WILLIAMS, Robert. *GroupM starts inclusion program to boost Black-owned media*. Marketing Dive, 11 mai. 2021. Disponível em: https://www.marketingdive.com/news/groupm-starts-inclusion-program-to-boost-black-owned-media/599925/
3. https://www.marketingdive.com/news/groupm-starts-inclusion-program-to-boost-black-owned-media/599925/
4. https://deadline.com/2021/05/byron-allen-black-owned-media-groupm-interpublic-1234753106/

O investimento em diversidade está diminuindo no Brasil? [22]

Além de ser um imperativo moral, o tema é questão econômica estratégica ignorada por muitas empresas. Com um atraso significativo de pelo menos três décadas, comparado a outras democracias multiculturais, o mercado brasileiro dá passos lentos quando o assunto é diversidade. A morte de George Floyd, nos Estados Unidos, e o crescimento do Movimento Black Lives Matter em todo o mundo fizeram com que o mercado brasileiro finalmente "acordasse" para a importância do investimento em diversidade como um imperativo moral. Afinal, o Brasil tem um elemento importante: o tamanho da população negra. Diferente dos Estados Unidos, onde afro-americanos representam cerca de 13% da população, no Brasil, pessoas de ascendência africana, indígenas ou não-brancas (pardas) são quase 60% dos brasileiros.

Além da questão moral, que grita aos olhos de qualquer estrangeiro visitando o Brasil, por força do racismo estrutural e do colorismo de nossa sociedade "pigmentocrática", há ainda outro fato que por muito tempo foi negligenciado pelo mercado brasileiro: o custo econômico do racismo. Ou seja, quanto o país perde por conta do racismo que impede a mobilidade social de milhões de pessoas, impactando a qualificação profissional, produtividade e até mesmo a arrecadação de impostos. Segundo um estudo do Citibank, os Estados Unidos deixaram de ganhar 16 trilhões de dólares (dados de

---

[22] Publicado na revista Meio e Mensagem. www.meioemensagem.com.br/opiniao/o-investimento-em-diversidade-esta-diminuindo-no-brasil. 16 de abril de 2024

2020) por conta disso, e não é preciso ser matemático para saber que no Brasil esse custo tem proporções ainda maiores. Como consultor em Diversidade e Inovação, percebi que durante o ciclo 2020-2022 houve, sim, um grande progresso, ao menos retórico, no investimento em políticas de diversidade, com a criação de grupos de afinidade, eventos públicos, compromissos assinados e um certo comprometimento de algumas lideranças referências do mercado com a inclusão e diversidade. Porém, parece que essa "lua de mel" está chegando ao fim.

O acompanhamento dos relatórios das corporações e o volume de investimentos em projetos podem indicar que o tema da diversidade, em especial a racial, não parece ser mais uma prioridade das grandes e médias empresas brasileiras. E isso é muito preocupante, afinal, estamos falando de um país que aprofundou as desigualdades sociais na pandemia e ocupa a posição 84 no IDH mundial, mesmo estando entre as 10 maiores economias do planeta.

Não é por acaso que Florianópolis é a cidade mais bem posicionada nos indicadores sociais e Salvador, a última. A primeira com mais população euro-descendente e a última, a com mais descendentes de africanos, que ainda pagam o preço da escravidão e seu nefasto legado que traduz em um grande déficit de patrimônio que impacta, inclusive, o acesso ao crédito.

Em 2019, escrevi o livro *Oportunidades Invisíveis* (Ed. Matrix), onde argumentei que quanto mais diversa uma empresa é, mais inovadora será. Fiz uma pesquisa extensa em livros internacionais e trouxe casos de países como Estados Unidos, Reino Unido, Canadá e até mesmo da África do Sul, que compartilha conosco um dos maiores índices de desigualdade e foi a criadora do modelo de segregação "apartheid", que aqui tomou uma configuração diferente, pois não foi um marco legal, mas cultural.

No livro, eu também advogo a ideia de que as empresas devem se mover no caminho da diversidade. Não apenas pelo fato da segregação racial que vivemos ser moralmente inaceitável, mas porque elas estão sendo menos inovadoras e, consequentemente, perdem dinheiro por não conseguirem se comunicar de maneira ampla ou simplesmente não acessarem nichos de mercados étnico-culturais ou regionais.

Muitos não sabem, ou ignoram essa informação, mas os chamados ícones globais afro-americanos são fruto da sagacidade do mercado em identificar parcerias sólidas com criativos negros, a exemplo, a parceria do grupo de rap RUN DMC com a Adidas nos anos 90, a parceria de Dr. Dre, fundador da Beats, com a Apple ou do império criado pelo Jay-Z no rap (vale a pena ver o case da empresa *Champagne Cattier*).

Fico perplexo em ver tantas startups criativas fundadas por pessoas não-brancas sendo ignoradas pelos "*corporate ventures*", tantos criadores de conteúdos talentosos serem ignorados por não terem milhões de seguidores e tantos eventos de grande impacto lutarem para conseguirem patrocínio, sobretudo se estiverem no Norte e Nordeste. Isso diz muito sobre a visão de longo prazo do nosso mercado.

Agora, em 2024, encerra-se a chamada "Década Afrodescendente", estabelecida pela ONU como um ciclo onde os países com populações da diáspora africana e também do continente se comprometeram em investir na educação, empregabilidade e melhoria das condições de vida de seus cidadãos de origem africana. Estou curioso para saber quais números levaremos para os fóruns da avaliação da ONU em relação ao mercado brasileiro.

A nova Lei da Igualdade Salarial, por exemplo, preconiza a divulgação pública dos dados de salário entre pessoas negras e não-negras, e temos números alarmantes de empresas que se vendem no discurso como muito diversas, mas que possuem poucos profissionais negros contratados. É preciso, entretanto, pensar a diversidade não apenas na área de Recursos Humanos, mas também na Comunicação e Marketing, Pesquisa e Desenvolvimento e Supply Chain. Diversidade não é moda e nem trend de redes sociais. Precisamos encarar a diversidade como parte da estratégia de mercado das empresas, da pauta dos conselhos de administração e dos indicadores a serem monitorados por investidores dessas corporações. Só assim teremos um progresso real nesse tema. Como disse certa vez um dos gurus de Wall Street, John W. Rogers Jr., presidente do conselho da Ariel Investments, com 14,9 bilhões de dólares em investimentos: "Diversidade e inclusão afetam a capacidade de uma empresa ter sucesso. Não quero investir em empresas retrógradas, pois elas correm o risco de ficar obsoletas".

Homem-Aranha: Através do Aranhaverso e a revolução da diversidade Afro-Latina em Hollywood

Como sabemos, o cinema é uma das formas mais poderosas de contar histórias e transmitir conceitos e mensagens. O audiovisual é uma das principais maneiras que encontramos para escapar da realidade, o chamado escapismo, mas é também um dos mais poderosos veículos de construção de identidades.

Ao longo dos anos, a indústria cinematográfica global tem evoluído para refletir a diversidade da sociedade contemporânea, buscando representar diferentes grupos étnicos e culturais. Nesse contexto, o filme *Homem-Aranha: Através do Aranhaverso* emerge como mais um marco transformador na história do cinema estadunidense, abordando questões ligadas à diversidade racial e oferecendo narrativas impactantes sobre a masculinidade negra, além de uma mensagem positiva para os jovens, em especial os afro-latinos.

A comunidade afro-latina tem ganhado cada vez mais visibilidade nos Estados Unidos, desempenhando um papel crucial no cenário sociocultural do país. Essa ascensão tem pressionado, portanto, para a necessidade de uma maior representatividade e inclusão de diferentes identidades raciais dos grupos latinos no entretenimento. *Homem-Aranha: Através do Aranhaverso* abraça essa realidade, apresentando Miles Morales, um adolescente afro-latino que se torna o novo Homem-Aranha, um dos mais icônicos personagens dos quadrinhos e do cinema de todos os tempos. Ao trazer um protagonista afro-latino para o centro da narrativa, o filme oferece uma visão única da experiência de um jovem negro em um mundo repleto de super-heróis hegemônicos, em geral, euro-descendentes.

Além de abordar questões de diversidade racial, *Homem-Aranha: Através do Aranhaverso* também desconstrói estereótipos de masculinidade negra (quase sempre associada a coisas negativas), oferecendo uma visão mais ampla do que significa ser um homem negro nos dias de hoje. O protagonista, Miles Morales, lida com desafios que vão além das habilidades físicas e se concentram em questões emocionais, de desenvolvimento pessoal e responsabilidade social. Essa abordagem permite que os jovens negros se identifiquem e se inspirem em um modelo positivo de masculinidade, tão raro hoje em dia.

Ao testemunhar Miles Morales enfrentar adversidades, superar desafios e descobrir seu próprio poder e potencial inato, os espectadores, em especial crianças e jovens negros, são incentivados a acreditar em si mesmos e em suas capacidades. O filme manda uma importante mensagem de esperança, encorajando os jovens, principalmente os negros, a perseguirem seus sonhos, acreditarem em sua própria grandeza e se tornarem agentes de mudança em suas comunidades. Em tempos de criminalização e encarceramento em massa de jovens negros, esse tipo de mensagem é urgente e necessário.

O filme, além de dar contribuições para a representatividade e diversidade racial no cinema americano, conquistou um sucesso notável em termos de arrecadação, publicidade, branding e merchandising. A obra cativou o público com sua narrativa envolvente e personagens impactantes, como também estabeleceu uma presença importante no mercado, gerando resultados positivos para os seus investidores.

Desde seu lançamento, *Homem-Aranha: Através do Aranhaverso* foi aclamado tanto pela crítica quanto pelo público, o que se refletiu em sua impressionante arrecadação nas bilheterias. O filme conseguiu ultrapassar as expectativas iniciais, arrecadando mais de US$375 milhões mundialmente nas primeiras semanas. Esse sucesso financeiro destaca o apelo do público por narrativas diversificadas e o desejo de ver histórias que representem diferentes grupos étnicos e culturais. O longa mostra que é possível fugir dos clichês e contar histórias autênticas. Gostaria muito de ver no futuro histórias genuinamente brasileiras assim no cinema mundial.

Com certeza, nas comunidades marginalizadas de Salvador, Rio ou Belém existem histórias inspiradoras de alcance global. Que tal trazermos para o cinema a cosmovisão iorubá como faz o quadrinho *Conto dos Orixás*, de Hugo Canuto, uma história de suspense infanto-juvenil? Ou como faz *Pedro e a Pedra Secreta*, uma série de animação baiana que se passa no Pelourinho e na Chapada Diamantina, e que tem entre os codiretores Léo Silva e Anderson Soares? Claro, sem falar do game *Árida*, da Aoca Game Lab, que se passa em Canudos, sertão da Bahia.

A Coreia do Sul conseguiu emplacar seus Doramas como estratégia de *soft power* do governo sul-coreano. A Nigéria está conseguindo levar sua Nollywood para o mundo com baixo investimento, mas muita resiliência. O que falta para o Brasil entrar em cena no palco global do cinema?

Texto publicado no site Positivar Masculinidades

Filme One Love mostra que Bob Marley foi o profeta dos oprimidos de todo o mundo [23]

Existem poucos ícones tão celebrados no mundo como Bob Marley. Ao lado de personagens distintos e contraditórios entre si, como Mahatma Ghandi, Che Guevara, Frida Kahlo e Nelson Mandela, a imagem de Marley é sempre associada a mensagens de positividade e amor.

Porém, antes da chegada de *Bob Marley: One Love* aos cinemas, poucas pessoas conheciam a história da vida de Robert Nesta Marley, jovem afro-jamaicano que enfrentou o sistema político local, lutou contra guerras e injustiças, levou o reggae para os quatro cantos do mundo e influenciou a estética dos homens negros na época, que até hoje usam naturalmente locks. Bob Marley escreveu seu nome na história do pan-africanismo.

O filme, produzido pelo seu filho Ziggy Marley e dirigido por Reinaldo Marcus Green, mostra o ser humano Robert com suas dúvidas, fraquezas e contradições. Destaca a força de Rita Marley, parceira inseparável na música e na vida, que o acompanhou até o final da sua existência, duramente interrompida por um câncer em 1981, aos 36 anos de idade. Essa é a primeira vez que detalhes da vida do ícone do reggae são mostrados globalmente nas telas de cinemas, tornando o

---

[23] Publicado no site Afro.TV . https://www.afro.tv/blog/filme-one-love-mostra-que-bob-marley-foi-o--profeta-dos-oprimidos-de-todo-o-mundo/ 4 de março de 2024

nome de Marley conhecido entre a famosa Geração Z, que não viveu a explosão do reggae nas rádios nos anos 80 e 90.

Sim, querendo ou não, apesar da música de Bob Marley ser replicada e regravada por milhares de artistas em todo o mundo, ela se popularizou nas décadas passadas muito mais que atualmente. Algo que deve mudar rapidamente após a produção cinematográfica, que quebrou recordes de bilheteria mundialmente.

No Brasil, vale destacar a influência do reggae nas principais capitais da região Nordeste, como elemento fundamental da sociabilidade e da união dos trabalhadores e populações periféricas, sobretudo em cidades como Salvador e Cachoeira, na Bahia, e São Luís, no Maranhão. Nesses lugares, o Reggae transformou-se em fenômeno musical, semelhante ao Rap em São Paulo e ao Funk e Black Music no Rio de Janeiro, nas décadas de 80 e 90. Olodum, Muzenza, Edson Gomes, Tribo de Jah etc. A influência de Bob está em todos esses nomes da música nordestina.

O filme faz um recorte histórico bem específico da saída de Bob Marley da Jamaica por força dos conflitos internos e a explosão do Reggae no *mainstream* global. Além disso, obviamente, mostra as contradições e dilemas de um jovem adepto da religião Rastafari (vale pesquisar sobre os princípios que os rastafáris seguem) e que de uma hora para outra torna-se uma estrela global, sendo forçado a frequentar festas da elite mundial e ser recebido por chefes de Estado da "Babilônia".

Essa tensão entre os princípios filosóficos do rastafarianismo, a fama, o amor pela Jamaica e a vontade de levar a música pan-africana pelo mundo fazem a vida de Bob e o filme *One Love* serem ainda mais interessantes e dramáticos. Emocionado, confesso que saí do cinema chorando. Como sou baiano e nasci na periferia de Salvador, obviamente, cresci ouvindo Bob Marley na companhia de meu falecido pai e tios. Naquela época, era muito comum esse tipo de sociabilidade aos domingos de manhã, jogando futebol no campo de "terra batida". Aquele campo de futebol funcionava como uma espécie de "Escola Dominical Cristã", e ali fazíamos a nossa comunhão em família.

Os adultos tomando seus cálices de vinho barato, as crianças tomando banho de mangueira e, mesmo sem entender muito bem o inglês, "viajando" naquelas melodias onde nos olhávamos, adultos e crianças, nos reconhecíamos na música e na dança sem passos sincronizados. Livremente, celebrávamos o nosso *One Love*, olhando para o céu azul e agradecendo a Jah por estarmos vivos e felizes. Essa memória afetiva proporcionada por Bob Marley é do bairro do Alto da Terezinha/Ilha Amarela, em Salvador, onde cresci, mas poderia ser em Lagos, Accra, Addis Abeba ou, com certeza, na Trechtown, a favela onde Bob nasceu, em Kingston, na Jamaica.

Dedico este texto ao meu pai Paulo Valentino (*in memoriam*), meu tio Reinaldo Matos (*in memoriam*) e aos meus tios Edvaldo Nunes e Ozy Paulo.

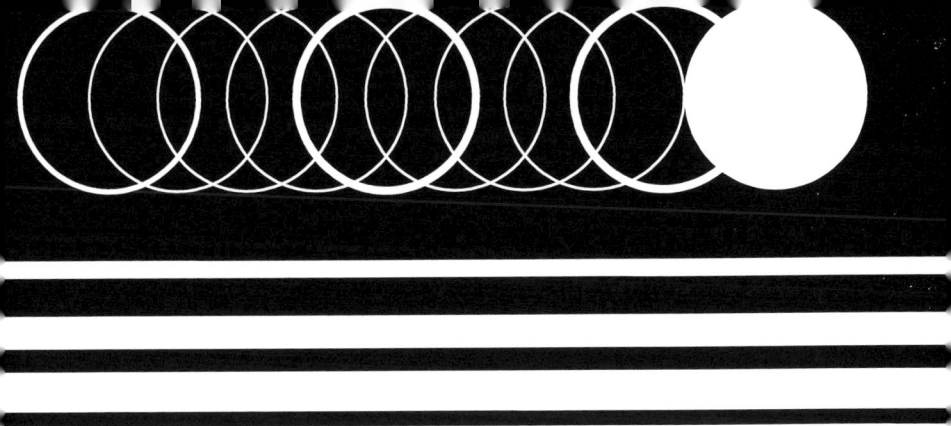

UM OUTRO MUNDO
(AINDA) É POSSÍVEL?

O futuro não demora
Baiana System

Eles querem transformar a internet
 em seus tabuleiros de xadrez pessoais
Com cada usuário (de internet)
servindo a seus poderes

They want to turn the internet
into their personal global chessboard
With every user as a servant to their powers

Atari Teenage Riot

A Etiópia mostra uma África que vai além dos clichês [24]

Eram aproximadamente sete horas da manhã, horário ocidental, quando o voo ET501 sobrevoou as colinas verdes dos arredores de Adis Abeba, na região central e montanhosa da Etiópia. O país, situado na região mais oriental do continente africano, é o segundo mais populoso e o mais diferente de todos.

Foram treze horas na aeronave da Ethiopian Airlines, mas parece ter sido menos. O atendimento a bordo faz jus à fama de que a empresa aérea é a melhor do continente e uma das melhores do mundo. Os 11.000 km de distância de Washington D.C. para a capital etíope tornam-se suaves quando se tem um bom atendimento, com tripulantes vestidos de roupas tradicionais e um som de bordo com o melhor do Ethio--Jazz, a versão etíope da música criada pelos afro-americanos.

A Etiópia é pioneira e excêntrica em muitas coisas, a começar pelo calendário e horário. Enquanto no resto do mundo o ano era 2012, na Etiópia, modificamos o calendário do celular para 2007. O país, até onde se sabe, é o único no planeta a não usar o sistema ocidental de contagem dos anos. Lá, a primeira hora do dia não é 1h da manhã, mas somente quando o sol aparece, traço que dá um tom diferenciado à nação ainda incógnita para a maioria dos brasileiros, que só

---

[24] Publicado na revista eletrônica Balaio de Notícias. https://www.balaiodenoticias.com.br/artigos-e--noticias-ler.php?codNoticia=143&codSecao=22&q=Eti%F3pia+al%E9m+dos+clich%EAs .04 de novembro de 2012

ouvem falar do continente africano quando acontece alguma tragédia ou golpe militar.

Já no aeroporto em Washington D.C., não conseguia disfarçar meu deslumbramento em ver tantas cores, olhares e sons diferentes do que conhecemos no Brasil. Eram os etíopes voltando para sua terra para turismo, fazer negócios ou simplesmente visitar um parente. Eu deveria estar acostumado com a mágica cultura dos etíopes. Morar quase um ano e meio em Washington D.C. é mergulhar na cultura etíope mesmo sem querer.

A capital estadunidense é o local onde se concentram mais etíopes fora da Etiópia. Dados extraoficiais chegavam a dizer que os etíopes e seus descendentes eram mais de 100 mil pessoas nos arredores da capital, o que envolve partes do estado de Maryland e Virgínia. No centro da cidade há uma rua denominada *Little Ethiopia* (Pequena Etiópia), que reúne restaurantes, cafés, clubes e mercados com produtos etíopes. Ao andar na rua, você se transporta para Adis Abeba, pois todas as fachadas estão escritas em amarico (não confundir com aramaico), que é o idioma majoritário no país. Eles dominam também o sistema de táxi da cidade. Se você pegar um táxi e não for conduzido por um etíope, você não foi a Washington D.C. É como ir a Londres e não ver um indiano.

Are you habesha?! Essa foi a frase que mais ouvi no tempo que morei na capital dos Estados Unidos, e eu já sabia que viveria situações engraçadas para falar disso quando fosse pela primeira vez à Etiópia. Explico. "*Habesha*" é um termo usado para se referir a uma pessoa de origem etíope ou eritreia. É, na verdade, uma forma sutil de conferir se a pessoa é da região sem cometer o erro de tentar adivinhar sua etnia ou nacionalidade – o que pode gerar conflitos graves, afinal, são grupos que protagonizaram a maior guerra civil da história africana em todos os tempos, durante mais de três décadas, começando em 1961 até 1991, quando a Eritréia ganhou sua independência da Etiópia.

E por falar em identidade, esse fato eu não poderia negar: 99% das pessoas em Washington D.C. simplesmente assumiram a ideia de que eu era uma pessoa do Leste Africano. Se não fosse etíope/eritreu, pelo menos somali ou sudanês. Mesmo que eu não falasse uma palavra (e demonstrasse que não era estadunidense), não poderia ser confundido com um afro-americano por conta dos meus traços físicos.

Essa coincidência fenotípica, a propósito, quase causou um problema para este que vos escreve, pois foi complicado explicar na imigração que eu era um brasileiro morando nos Estados Unidos e que iria visitar a Etiópia por uma semana, mas que por um acaso tinha um rosto com as feições etíopes. "Quem da sua família é da Etiópia, seu pai ou sua mãe?", perguntou desconfiado o oficial da imigração. "Ninguém, sou 100% brasileiro", respondi com medo de ser obrigado a pegar o primeiro voo da Ethiopian Airlines de volta aos Estados Unidos. O oficial fez dupla checagem no computador, a tese mais provável era que eu estava com passaporte falso. Ainda bem que tudo não passou de um susto. Se a pergunta fosse direcionada ao cantor Jorge Ben Jor, faria mais sentido, pois se trata do mais famoso descendente de etíopes no Brasil – sua mãe chegou em uma embarcação por aqui, segundo as raras entrevistas dessa figura enigmática de quem sou fã.

Uma nação diferente

A Etiópia é um país realmente especial. A nação de aproximadamente 124 milhões de pessoas é um gigante africano em termos de cultura, história e tradição. É célebre o fato de o país nunca ter sido colonizado, o que é uma honrosa exceção em um contexto no qual, em 1885, o continente foi dividido estrategicamente entre as principais nações europeias da época.

"A Etiópia não!", dizem com emoção os orgulhosos taxistas em Adis Abeba, ou em Washington D.C. "Expulsamos duas vezes os italianos e suas tropas", contam felizes. A batalha de Adwa, que é uma ilustre desconhecida em nossos livros de história, foi um dos fatos mais importantes do século passado e uma concreta motivação para o fim da colonização, além de ter estimulado a luta dos afro-americanos contra o racismo nos EUA.

Na verdade, como ironiza uma piada local, a história da Etiópia pode ser explicada por dois fatores: a religião e a guerra. O que é irônico, pois trata-se de um povo bastante hospitaleiro, gentil e com aspecto físico frágil, por assim dizer. Mas, ao ler sobre e conviver com o povo da Etiópia, pude perceber que o orgulho de sua história e identidade pode levá-los a se transformar de cidadãos calmos e ordeiros a verdadeiros guerreiros. Das viagens que fiz, o único país no qual percebi tamanha sanha nacionalista foi a Sérvia, que, por ironia e coincidência, é também um país cristão ortodoxo, cuja história é marcada por guerras (foi um sérvio quem deu o estopim para a Primeira Guerra Mundial, ao matar o arquiduque do Império Austro-Húngaro).

Passado e presente fazem parte da história de qualquer país do mundo, porém essa relação é ainda mais complexa e simbiótica na Etiópia. Chegar ao Aeroporto Internacional Bole, em uma das regiões nobres de Adis Abeba, é conviver em dois mundos, um ocidental, que demonstra a abertura do país para o resto do mundo; e outro com forte influência oriental, que faz questão de deixar claro ao visitante que o país possui seus valores e culturas tradicionais.

Na fila da imigração, as roupas típicas da igreja ortodoxa, as burcas e hijabs islâmicos e as tatuagens nos pescoços dos Tigray pintam um belo quadro com cores, formas e olhares que já valeria a viagem. A vontade de sacar uma câmera fotográfica e registrar aqueles rostos foi brutalmente reprimida pela consciência da minha prisão quase certa no contexto do país mais militarizado da África, governado por um regime "semiditatorial" e um alvo constante de extremistas. Tirar foto do palácio onde mora o primeiro-ministro é terminantemente proibido. Escrever criticando o governo pode dar prisão. Blogs feitos por dissidentes na diáspora são bloqueados e até mesmo o Skype era proibido até pouco tempo. Segundo o relatório de 2012 do Press Freedom Index (Índice de Liberdade de Imprensa), da ONG Repórteres sem Fronteiras, a Etiópia está na posição 127 dos 171 países cadastrados. Dizem por lá, em tom jocoso, que na China os blogueiros estão no "paraíso" se comparados à repressao do regime no poder em Adis Abeba. Eu não quis pagar para ver.

As peculiaridades da nação mais multicultural do Leste Africano não terminam por aí. Experimente perguntar a qualquer caixa de supermercado na Etiópia sobre a sua religião majoritária. O cristianismo na Etiópia é um dos mais antigos do mundo, precede a criação da própria igreja em Roma, e é conhecido como a Igreja *Tewahedo*, ou a milenar Igreja Ortodoxa Etíope. Os ortodoxos fazem parte de uma corrente diferente da religião cristã, que não tem nada a ver tanto com Católicos ou com Protestantes. A religião ortodoxa é mais comumente praticada na Grécia, Rússia, Síria, Ucrânia, Sérvia, Bulgária e outros países do Leste Europeu, mas na Etiópia ela é precedente e tem fatores locais que a tornam ainda mais especial. Por exemplo, os etíopes afirmam que guardam na cidade de Axum a Arca da Aliança dada por Jeová a Moisés no Monte Sinai, onde se crê terem sido revelados os Dez Mandamentos. A Arca teria parado na Etiópia pelas mãos de Menelik I, filho do Rei Salomão e da Rainha de Sabá. Os etíopes possuem motivos para cultivar tantas histórias, lendas e mistérios. Só no Antigo Testamento, são quase 50 citações ao povo que, segundo a história, teria dado ao mundo a bela Rainha de Sabá, ou, como é conhecida na Etiópia, Makeda, que se casou com o Rei Salomão. O livro Kebra Negast, que possui 700 anos, relata esse caso e explica que dessa relação surgiu o Rei Menelik I, o primeiro imperador do país e que, a propósito, segundo os Rastafaris, é a linhagem que dá a sacralidade ao senhor Tafari Makonnen, ou Haile Selassie I, que governou o país de 1930 a 1974.

Frio, café e política
Diferentemente do estereótipo que se tem sobre o continente africano, Adis Abeba é uma cidade fria durante o inverno. Não o frio da Cidade do Cabo, na África do Sul, que chega a nevar em raros momentos, mas aquele frio do inverno de São Paulo, que exige um bom cachecol e um café quente. Por falar nisso, café não é apenas uma bebida na Etiópia, é uma verdadeira religião paralela e tem até ritual para se preparar e servir. Não poderia ser diferente, foram eles que descobri-

ram/inventaram essa bebida que, em terras brasileiras, significou riqueza para muitos fazendeiros e fez da capital paulista uma locomotiva de desenvolvimento para imigrantes, como gostam de lembrar sempre.

Mas o fato é que, segundo a tradição etíope, foi um pastor de cabras que, vendo o efeito da semente em seu rebanho, resolveu fazer o processo que é imitado até hoje na tradicional maneira de fazer café na Etiópia. Mesmo em lugares ditos elitizados, como o opulento Hotel Hilton, os visitantes podem e devem experimentar o café torrado em brasa e servido em panela de barro, a Jebena.

O café na Etiópia é também parte da política. O país visa patentear algumas sementes de cafés e requer o reconhecimento da sua propriedade intelectual. Em 2005, foi dada a entrada no Escritório Americano de Patentes de um pedido para registrar os cafés produzidos nas regiões de Yirgacheffe, Harrar e Sidamo. O objetivo é aumentar o poder de barganha nas negociações com empresas do porte da americana Starbucks, que compram por preços extremamente baixos o café produzido por trabalhadores rurais do país, que vive basicamente da produção agrícola. Cerca de 15 milhões de etíopes dependem das plantações de café, segundo informações da BBC. A disputa vem e volta aos tribunais e às negociações de acordos que vêm sendo feitas, mas o irônico é que, depois dessa briga com a Starbucks, várias versões locais do café americano foram imitadas. As noites frias de Adis não são as mesmas sem esses cafés, frequentados pela juventude para conversar ou se aquecer antes da balada. O mais conhecido é o Kaldi's Café, que é uma homenagem ao inventor da bebida.

Uma China Africana?

Uma placa grande e laranja deixa claro que chegamos ao destino. "Kaleb Hotel", exclama o sorridente motorista, que parece mais um baiano disfarçado de etíope. No caminho, vamos conversando sobre futebol, é claro, afinal, depois da corrida (onde são imbatíveis), os etíopes são fanáticos pelo esporte imortalizado por Pelé. O hotel fica na zona nobre da cidade e é visível que o progresso vem chegando ao país que já foi considerado um dos mais pobres do mundo. Em frente ao quinto andar do Kaleb, muitos prédios em construção, uma loja de Cupcake e uma Apple Store, algo bem diferente do imaginário que ainda temos no Brasil.

Lembro que, no bairro pobre onde nasci, quando uma pessoa comia muito, perguntávamos: "você veio da Etiópia, é?", e começo a pensar na imagem que a mídia mostra dos africanos. Sempre coitados, famintos, em guerra, dignos de piedade. Porém, falando de pobreza, posso dizer sem medo que a que vi em Adis Abeba não é muito diferente daquela que vejo no Brasil em nossas favelas ou "comunidades". Falta de esgotamento sanitário? Temos. Pessoas abaixo da linha da pobreza? Também. Violência urbana? Temos muito mais que lá. É claro que no caso brasileiro o problema vem da desigualdade, e na Etiópia, pelo fato do país ter tido praticamente mais anos de guerras do que de paz. Ou seja, sem guerras há centenas de anos, o Brasil deveria estar bem melhor do que é.

Mas, falando de imagem, é preciso notar que a diferença, como diz a escritora Chimamanda Adichie, é que conhecemos várias histórias sobre países ricos, sobre os estadunidenses, franceses, japoneses, mas apenas uma sobre os africanos: são "coitados e subdesenvolvidos". A Etiópia, entretanto, tem outras histórias para serem divulgadas. Uma, por exemplo, é que o país é a economia africana não dependente do petróleo que mais cresce no continente, sendo chamada, inclusive, de "China Africana", em virtude dos seus dois dígitos de crescimento em 2011, mesmo em meio a uma crise global que empurrou para baixo o crescimento econômico de países como EUA, Espanha e Grécia. A outra história, que não é contada pela mídia ocidental, é que a capital da Etiópia é também a capital política do continente, sede de importantes órgãos regionais da ONU e da União Africana, a mais importante instituição africana, que reúne os quase 60 países-membros. Sim, a Etiópia é muito melhor do que que a mídia tenta te mostrar. Acredite nisso.

Os desafios da União Africana[25]

Em julho de 2012, aconteceu na cidade de Adis Abeba, Etiópia, a 19ª Cúpula da União Africana. O evento, para o qual fui convidado por uma organização do Quênia para fazer a cobertura para o portal *Correio Nagô*, contou com a presença de chefes de Estado da maioria dos países do continente e teve como tema o aumento do comércio intra-africano.

A União Africana foi criada em 2002, em substituição à Organização da Unidade Africana (OUA), fundada em 1963 por líderes como o ganense Kwame Nkrumah, o egípcio Gamal Nasser e o etíope Haile Selassie, buscando a união dos países africanos frente ao neocolonialismo e visando a criação de uma federação continental. A versão atual da entidade busca preservar a ideia original, porém se debruça em questões mais pragmáticas, como comércio e segurança, mantendo uma operação de "paz e segurança", semelhante às missões de paz da Organização das Nações Unidas (ONU), que intervêm em casos emergenciais de conflitos e guerras civis, fazendo a proteção dos civis, a contenção dos conflitos e o monitoramento de acordos de cessar-fogo. A União Africana é a mais importante instituição diplomática do continente.

Apesar do tema daquela edição ter sido a cooperação econômica, o destaque do evento foi a eleição da nova direção do órgão, que se prolongou com meses de negociações entre dois blocos distintos, os países anglófonos e francófonos. Até então, um gabonês, país de língua francesa, dirigia a instituição. Jean Ping, que já foi ministro das relações exteriores do

---

[25] Publicado no site Correio Nagô: https://correionago.com.br/os-desafios-da-uniao-africana/.

Gabão, estava no cargo desde 2008 e disputou a liderança da entidade com a sul-africana Nkosazana Dlamini Zuma, que saiu vitoriosa da eleição, sendo a primeira mulher a assumir a gestão da União Africana.

A sul-africana Nkosazana Dlamini Zuma é médica de formação, foi ministra da saúde de 1994 a 1998 no governo de Nelson Mandela, sendo a primeira gestora de saúde no pós-apartheid, além de ter servido como ministra das Relações Exteriores nos governos de Thabo Mbeki e Kgalema Molanthe. Zuma é também uma militante histórica da luta contra o apartheid e ex-esposa do presidente da África do Sul na época, Jacob Zuma.

Os desafios da nova dirigente não eram poucos. O continente enfrentava uma nova onda de conflitos e golpes de Estado, como o caso do Mali, onde rebeldes destruíam locais históricos, como a Universidade de Timbuktu, a primeira cidade universitária do mundo, e da República Democrática do Congo, onde a União Africana planejava enviar tropas para resolver o conflito com rebeldes na província Kivu Norte. Além disso, era preciso encerrar a disputa entre o Sudão e o Sudão do Sul, bem como a situação da Somália, que contava com operações terroristas do grupo Al-Shabaab, no sul do país.

A nova dirigente teria também que usar, ainda mais, suas habilidades diplomáticas para construir novas alianças. Nem todos ficaram contentes com a eleição de uma sul-africana para dirigir a entidade que, até então, tinha um acordo informal de sempre eleger dirigentes de países sem muita expressão na política internacional. Apesar do principal cargo da União Africana, na teoria, ser representar os interesses de todos os países membros, na prática, a função traz bastante visibilidade para a nação de origem do dirigente. A queixa, portanto, era que a África do Sul, sendo a maior potência do continente e um membro do bloco dos países emergentes, estaria querendo acumular ainda mais poder e influência sobre as outras economias da região.

Porém, para além das disputas por hegemonia entre os membros da União Africana, a eleição de Zuma ressaltou a questão de gênero, que vem sendo cada vez mais pautada na política africana. Em 2005, a então presidente da Libéria, Ellen Johnson Sirleaf, também fez história sendo a primeira mulher a presidir uma nação africana. Em 2012, o continente tinha duas representantes, a presidente Ellen, que se reelegeu em 2011, e a presidente do Malaui, Joyce Banda, que assumiu o cargo após o falecimento do presidente Bingu wa Mutharika em abril daquele ano. Banda era a vice-presidenta e sua sucessora natural para o cargo.

Desafios
A União Africana busca se ressignificar e realizar projetos efetivos para a integração do continente. Exemplo disso é a Universidade Pan Africana, que visa criar uma rede de centros de excelência em ciência e tecnologia para reduzir a chamada "fuga de cérebros" do continente. Uma outra iniciativa importante é a Nova Parceria para o Desenvolvimento da África (NEPAD), que, apesar de lançada em 2001, ainda não havia, até o evento, tido a efetivação necessária para melhorar os indicadores de boa governança e promover o desenvolvimento sustentável do continente. A entidade vivia também um momento muito importante do ponto de vista das suas relações estratégicas. A inauguração da sua nova e moderna

sede de 200 milhões de dólares, construída e doada pelo governo chinês, é um indicador dessa mudança.

Com a crise econômica da Europa e Estados Unidos, e a consolidação da liderança dos BRICS, o continente vem criando alianças com novos parceiros, como China e Índia, que investem recursos significativos na criação de infraestrutura e no aumento de novas parcerias comerciais. Em 2023, o comércio entre China e África atingiu a casa de 150 bilhões de dólares.

Alguns argumentam que essa relação com os novos atores emergentes pode ser considerada perigosa por não levar em conta a transferência de tecnologia, sobretudo no caso chinês, e por não alterar o quadro político da região, que em sua maioria é baseado em governos autoritários e que violam direitos humanos. Porém, a influência dos BRICS na atual política africana acena com o fim da tradicional política do Ocidente, baseada no assistencialismo e nas regras, consideradas arrogantes, de instituições como o Banco Mundial e o Fundo Monetário Internacional (FMI).

Em contraposição ao "Consenso de Washington", pesquisadores argumentaram que alguns países africanos seguem o "Consenso de Beijing", sobretudo nações que recebem maior influência direta chinesa e possuem uma relação conflituosa com o Ocidente, como Sudão e Zimbábue. Ao diversificar parcerias, os africanos podem, segundo os entusiastas dessa relação, barganhar mais nas negociações, o que é novo no contexto africano que sofreu décadas de colonização e que na Guerra Fria só se tinha como opção realizar a parceria com os EUA ou a URSS. Entre 2007 e 2012, somente Índia e China doaram e emprestaram mais recursos para o continente africano do que o Banco Mundial e FMI.

No caso brasileiro, um dos BRICS, a avaliação de especialistas é que ainda há muito o que se avançar, pois a política do Brasil ainda está mais focada na cooperação com nações da Comunidade de Países de Língua Portuguesa (CPLP), e que não se compara aos investimentos feitos por chineses e indianos no continente. Apesar disso, é evidente que houve um aumento do número de postos diplomáticos no continente africano durante a gestão do presidente Lula, e o estabelecimento de cooperações, como a abertura do escritório da Empresa Brasileira de Pesquisa Agropecuária (Embrapa) em Gana e da fábrica de remédios para o tratamento da AIDS em Maputo, Moçambique, com a Fundação Oswaldo Cruz. Nos últimos anos, esses investimentos foram diminuídos em grande proporção.

No que diz respeito à sua diáspora, a União Africana tem buscado estratégias para o envolvimento de africanos que vivem no exterior, a nova diáspora, bem como daqueles que saíram do continente durante o processo de escravidão e estão espalhados pelas Américas. Somente na América Latina são mais de 150 milhões de afrodescendentes. Por isso, a ideia da entidade era consolidar uma sexta região para que essas populações pudessem contribuir com o desenvolvimento africano por meio de investimento, pesquisas e turismo.

Do sonho de líderes pan-africanistas até um sistema diplomático complexo, a União Africana segue com suas contradições e desafios. A expectativa, entretanto, é que essa unidade possa trazer benefícios como os que trouxe para o continente europeu a instituição da União Europeia, responsável por pacificar o continente, construir uma moeda sólida e se posicionar como bloco nas negociações internacionais. A ideia da unidade dos países africanos, que precede o caso europeu, tem grandes chances de se tornar realidade, melhorando a governança e representando os interesses dos povos africanos no continente e na diáspora.

Cabo Verde: a Wakanda da vida real [26]

No final dos anos 1960, a Marvel escreveu um quadrinho que, décadas mais tarde, se tornaria um fenômeno cultural importantíssimo para todos os africanos e seus descendentes. O filme *Pantera Negra* conta a história de um reino mítico escondido no meio das florestas africanas que abriga um grande segredo do Ocidente, a sua grande riqueza: o vibranium, um metal precioso altamente poderoso, com poderes de cura e de adaptação. No filme, wakandianos brigam entre si por divergirem sobre se devem oferecer ou não esses poderes para o mundo, em especial aos povos afrodescendentes que lutam contra as opressões, guerras e uma infinidade de injustiças.

Wakanda não existe. É ficção. Porém, existe, sim, um pequeno arquipélago, formado por dez ilhas no meio do Oceano Atlântico, que quer se posicionar como o hub tecnológico do continente africano: Cabo Verde. E parece que estão, de fato, conseguindo isso, com muita determinação e investimentos públicos e privados. Aliás, uma curiosidade: parte do filme *Pantera Negra: Wakanda para sempre* foi filmada justamente em Cabo Verde.

Cabo Verde não é um país qualquer e todo cabo-verdiano sabe bem disso. Apesar de ter uma população menor que um bairro de Salvador, com menos de 500 mil pessoas, há algo um tanto quanto místico – e uma série de coincidências his-

---

[26] Publicado no site Afro.TV: /https://www.afro.tv/blog/cabo-verde-a-wakanda-a-vida-real/. 21 de março de 2024

tóricas – que faz Cabo Verde ser um país relevante e posicionar-se como uma nação importante do mundo, seja pela sua história, cultura e, agora, por suas tecnologias.

Há razões e paralelos para ligar Cabo Verde às histórias ficcionais ou reais sobre tecnologia. Platão foi o primeiro grande pensador a falar de uma grande civilização perdida no meio do Oceano Atlântico, a civilização Atlântida, que pode ter existido de fato ou ter sido uma das mais celebradas e bem elaboradoras *fake news* do mundo ocidental, pesquisada até hoje por muitos arqueólogos. Mas há algo curioso nessa narrativa, como diz a revista *National Geographic* em uma matéria sobre essa suposta civilização perdida: "Nos diálogos de Platão, a Atlântida é apresentada como um Estado sofisticado, que desabou depois de os seus líderes arrogantes tentarem invadir a Grécia. Devido à sede de poder do seu povo, disse Platão, a Atlântida foi castigada pelos deuses, que lançaram sobre ela desastres naturais e a fizeram afundar no mar, aniquilando o que restava do seu poder".

Pois bem. Estamos acostumados a ouvir nas aulas de geografia sobre a Polinésia e a Melanésia, mas confesso que nunca tinha ouvido falar sobre a Macaronésia, uma região que agrupa os arquipélagos de Açores e Madeira, pertencentes a Portugal; Ilhas Canárias, pertencentes à Espanha; e Cabo Verde, que se libertou do colonialismo português em 1975, tornando-se uma nação soberana. Essas nações, situadas em regiões vulcânicas, seriam, portanto, segundo a teoria de alguns pesquisadores, os resquícios da Civilização Atlântida! Mais uma coincidência narrativa sobre essa fascinante região do mundo.

Ficção ou realidade, há em Cabo Verde uma infeliz tragédia geográfica similar ao castigo que Platão cita ter sofrido a

Civilização Atlântida. Falta de chuvas, secas e estiagens, cidades perto de vulcões e um claro isolamento bucólico pelo fato de ser um conjunto de ilhas no meio do oceano. Porém, é na tecnologia, no fomento às startups e atraindo nômades digitais de todo o mundo que Cabo Verde aposta para gerar mais negócios e melhorar as condições de vida dos seus moradores.

Cabo Verde é sinônimo de resiliência

Em Cabo Verde, descobri o verdadeiro significado da palavra resiliência e entendi o motivo do país ter mais pessoas morando fora dele (mais de um milhão) do que dentro (menos de 500 mil). Os cabo-verdianos vivem a emigração de um jeito particular. Não há um cabo-verdiano que não tenha um familiar ou amigo em Portugal, Estados Unidos, Europa ou Brasil. Com um mercado interno tão pequeno e com a necessidade de importar quase tudo que consome, devido à falta da agricultura e ausência de recursos minerais, sobra ao cabo-verdiano o caminho do aeroporto.

Desci no aeroporto de Praia, em um fluxo inverso, vindo do Brasil à capital de Cabo Verde (Cidade da Praia, Ilha de Santiago) para um evento sobre tecnologia e juventude achando que iria descobrir sobre a cena de startups locais, mas fui surpreendido com o fato de que nós, brasileiros, simplesmente desconhecemos a história que liga Cabo Verde ao Brasil. A começar pelo fato de que, durante a colonização portuguesa, foi no arquipélago cabo-verdiano, chamado à época de província ultramarina portuguesa, que se construiu o rascunho do Brasil.

Os portugueses ocuparam esse território em 1460, portanto, quarenta anos antes da invasão às terras brasileiras. Foi aqui que, segundo a professora Izaura Furtado, da Universidade de Santiago, que me levou a conhecer a Cidade Velha e o Pelourinho deles – sim, eles têm um local igual –, foram testados os frutos vindos da Ásia e da própria Europa para poderem ser levados ao solo brasileiro. Frutos que hoje consideramos brasileiríssimos, como o coco, a banana, a manga e a jaca, foram adaptados aqui, pois, com a colonização, havia-se de mudar também os hábitos alimentares dos povos originários para uma "aculturação" alimentar. Esse é um assunto, inclusive, que vale muito pesquisar pelas universidades brasileiras. Da mesma forma, animais foram adestrados para a pecuária em Cabo Verde para depois seguirem para o Brasil, como os bovinos, por exemplo.

De fato, a construção da hoje chamada Cidade Velha, a antiga Ribeira Grande de Santiago, em 1462, marca a primeira cidade construída pelos europeus fora da Europa, e uma prévia ou modelo para o que viria a ser depois a cidade de Salvador, fundada apenas em 1549. Andar pela Ilha de Santiago, onde localiza-se tanto a atual capital Praia quanto a Cidade Velha, é ter uma espécie de *déjà-vu* da Bahia.

Confesso que me emocionei várias vezes e chorei ao ver tamanha similaridade, seja com os jovens nas muretas conversando em algum local que poderia ser a nossa Ribeira ou Ilha de Itaparica, ou de olhar para o mar imenso e azul com pedras vulcânicas e lembrar que muitos dos nossos ancestrais saíram dali para enfrentar semanas intensas de banzo antes de, se tivessem sorte, chegar à costa brasileira enquanto escravizados. Sim, além de tudo, tenho o dever de informar a vocês que, por mais que a gente não aprenda isso na escola,

Cabo Verde foi um grande entreposto de venda de seres humanos em condição de escravidão, tal qual foi a cidade de El Mina em Gana ou a Ilha de Gorée no Senegal.

Na antiga capital de Cabo Verde, os que saíam do continente e chegavam fortes e sem doenças seguiam rota para as Américas. Já os que estavam fracos e adoentados eram vendidos na promoção, com um preço mais barato para trabalhos domésticos no próprio arquipélago, pois nas ilhas não havia agricultura de escala. Essa página sombria da nossa história está muito próxima a nós, porém, por um projeto político da elite luso-brasileira, essa memória foi esquecida, mas precisa ser resgatada.

Ilhas Mundo

Os cabo-verdianos referem-se a seu arquipélago como Ilhas Mundo. De fato, existem vários arquipélagos pelo mundo – o Japão é um –, mas nenhum deles está no centro de três continentes como Cabo Verde. Estando lá, percebi como muitos falam inglês e francês, além, claro, do português, língua oficial, e da Kriola (junção e mistura de vários idiomas africanos com idiomas europeus), que é a língua do dia a dia. Essa mescla cultural e linguística se deu justamente pelo fato de estarem a 4h de voo de Lisboa e a 3h de Recife. Sim, é mais rápido para um nordestino chegar a Cabo Verde do que a Porto Alegre, no Rio Grande do Sul. Muitos não sabem, mas cabo-verdianos fugindo de uma das constantes secas do país fundaram em Pernambuco uma cidade e que vários artistas famosos brasileiros têm ascendência cabo-verdiana, como Seu Jorge, Sandra Sá e Dudu Nobre.

Há uma linda e poética expressão em kriolo que resume o espírito "imigrantista" cabo-verdiano: "*Si Ka Badu, Ka ta Biradu*", que significa "se não fores, não podes voltar". Referindo-se ao fato de que todo cabo-verdiano uma vez na vida vai se deparar com o conflito entre ir ao exterior para trabalhar ou estudar e que, no fundo, a vontade dele sempre é voltar. Fiquei impactado com histórias que vi na rua de famílias separadas, mas que se conectam de uma forma muito intensa pela ajuda que recebem e mandam sempre. Não é incomum ver nas ruas do país mulheres vendendo roupas e diversos produtos que muitas vezes recebem dos seus familiares em tonéis azuis, que, depois de descarregados, servem para armazenar água.

Eu me emocionei com os relatos de que muitas vezes chove no mar e o agricultor olha aquela cena rezando para que a água venha para a terra, para que sua plantação de desenvolva. Lembrei muito do nosso sertão e falei para eles como no Brasil tem um povo resiliente como eles, que também sofreu a ainda sofre com essa migração forçada por questões climáticas. Há um ditado que exemplifica essa melancolia do cabo-verdiano com essa falta de sorte geográfica: "Deus criou o mundo, mas não criou Cabo Verde". Mas, fazendo um paralelo com a clássica frase de Euclides da Cunha, eu diria que o cabo-verdiano é, antes de tudo, um forte, e a capacidade de reinvenção desse povo é algo exemplar.

Em 1975, um ano após a queda do ditador português Salazar e do fim do colonialismo, que já estava sofrendo duros golpes com as guerrilhas anticoloniais, Guiné Bissau, Angola, Moçambique e a então província de Cabo Verde se tornaram finalmente independentes. Porém, como toda nova nação, e justamente por uma transição conturbada, havia-se de chamar as Nações Unidas para estudar os indicadores do país e dar um diagnóstico sobre os pontos fortes e fracos do país. Foi aí que um relatório caiu como uma bomba para os cabo--verdianos. A ONU, em documento oficial, atestou que Cabo Verde era uma nação inviável economicamente, fosse pela infertilidade da maioria do solo, pela falta de chuvas, pelas áreas vulcânicas, pelo tamanho do mercado interno ou pelo seu isolamento geográfico.

Essa informação mexeu no brio dos habitantes, que prometeram para si mesmos, quase que como uma jornada do herói de Joseph Campbell, que iriam, sim, erguer uma nação viável, próspera e independente. Hoje, quase quatro décadas depois, de fato, Cabo Vede é um país com ótimos indicadores sociais, principalmente ao se comparar com outros países africanos e até da América Latina. Cabo Verde é uma ilha de estabilidade democrática entre países com muitos conflitos, tem uma imprensa livre e diversa, mantém boas escolas e universidades e tem um ecossistema de fomento a negócios de fazer inveja ao Brasil, guardado às devidas proporções.

Muitos dizem, e com certa razão, que o poeta e revolucionário Amílcar Cabral foi o pai da nação cabo-verdiana por lutar contra o colonialismo português para liberar Guiné Bissau e Cabo Verde – talvez sendo o único líder anticolonial dessa época a fazer isso em dois países e ter sucesso. Cabral foi assassinado em 1973 e não viu o resultado final de sua luta por uma Cabo Verde livre dos antigos colonos e opressores, porém seu legado ainda hoje é celebrado, apesar de críticas à forma centralizadora e incoerente da política de partido único, além do alinhamento à antiga URSS.

Porém, houve uma outra personalidade que surgiu no cenário internacional, difundindo a cultura de Cabo Verde, ao tempo em que ocorria a abertura política do país, no início dos anos de 1990. Trata-se da chamada diva dos pés descalços: Cesária Évora. Uma mulher do povo, da Ilha de São Vicente, que cantava em bares de periferia e casas de prostituição, como mostra o documentário *Cesária Évora*, de Ana Sofia Fonseca. A história de Cesária é uma história linda de improbabilidades e resiliência – que é a própria lírica da alma cabo-verdiana.

Com uma história de dissabores e uma voz inconfundível, Évora ganhou os palcos da chamada World Music no meio dos anos 1990, talvez sendo a primeira africana a ganhar essa proporção global. As músicas dela dão uma dimensão da grandeza de Cabo Verde, um local de muitos poetas e poetisas, compositores e músicos. Não há como passar uma noite no chamado Plateau, bairro comercial durante o dia e boêmio durante a noite, e não se emocionar ouvindo a música cabo-verdiana, especialmente a música de Cesária, ecoar pelos quatro cantos.

Conheço Cabo Verde faz tempo, justamente em virtude da voz dessa grande cantora. Lembro-me de ser apresentado à Cesária pelo querido e saudoso Sérgio Roberto, criador da Noite da Beleza do Ilê Aiyê. Até hoje me arrependo de não ter ido ao icônico e talvez único show dela na Bahia, durante a Cúpula dos Intelectuais da África e Diáspora, a CIAD, em 2006. Cesária veio a falecer poucos anos depois, em 2011, por insuficiência cardiorrespiratória e tensão cardíaca elevada, fruto provavelmente dos anos de alcoolismo, vício em cigarro e depressão profunda. Não há como escutar Cesária Évora e não a colocar no panteão de divas do canto mundial, como Billie Holiday, Amália Rodrigues, Elza Soares e Edith Piaf.

Hoje, milhares de turistas saem de várias partes do mundo para conhecer o arquipélago de Cabo Verde, por conta da Morna e Coladeira cantada por Cesária. De fato, ela não cantava outros ritmos das ilhas do Sul, nem tocava batuko, funaná ou finason, ritmos da Ilha de Santiago, explorados por outras mulheres que não tiveram a mesma projeção que ela, mas souberam divulgá-los. Cesária foi rejeitada pelas gravadoras em função da discriminação sofrida por sua aparência. Teve um produtor, porém, que prometeu a ele mesmo que faria Cesária ser conhecida e que iria "fazer o mundo chorar" com a sua voz única e emocionante logo aos primeiros acordes. Aqui vale um registro: parece-me que Cabo Verde deve ter o maior número per capita de musicistas e compositores por metro quadrado, o que reforça a minha constatação de que as ilhas têm uma relação mística com a música.

A pequena ilha da Jamaica entregou ao mundo o reggae; Cuba, a salsa e a rumba; a bachata veio da República Dominicana; o reggaeton, de Porto Rico; e o rock da Inglaterra e até o pós-rock da Islândia. Com exceção, claro, do Brasil e dos Estados Unidos, lugares, porém, com importantes baías, como as da Bahia e do Rio de Janeiro. No caso estadunidense, os rios do sul do país são o leito do blues e do jazz. Já Cabo Verde é a expressão máxima dessa minha teoria, pelo tamanho da população e a projeção de sua música, com artistas como Mayra Andrade, Sara Tavares, Tito Paris, os Tubarões e a própria Cesária Évora.

Um país de diásporas

Cabo-verdianos se dividem entre dois tipos: os que vivem no país e os imigrantes e seus descendentes, considerados "da diáspora". São gerações de cabo-verdianos em várias partes do mundo, que visitam o país muitas vezes no final do ano ou que se reúnem em eventos animados pela música para celebrar e preservar suas raízes. Guardadas as devidas proporções, são como os judeus da diáspora em relação a Israel. O sonho de muitos cabo-verdianos de meia idade é voltar para contribuir com o seu país.

Porém, há uma oportunidade não percebida pelos governos e classe política de Cabo Verde: a possibilidade de atração da diáspora africana do Brasil para visitar, colaborar e viver no país. Percebi que o foco do turismo do país ainda é a atração de europeus ou da sua própria diáspora. Mas imagina a juventude afro-brasileira descobrindo Cabo Verde, que, de fato, é o portal para o continente africano pela sua proximidade geográfica, laços históricos, mas também pelos cabo-verdianos amarem cultura brasileira e conhecerem muito da história e da mídia brasileira, seja pelas telenovelas ou pelas músicas.

Me surpreendi como jovens cabo-verdianos conhecem detalhes de artistas como Léo Santana, Tonny Sales ou Pablo do Arrocha. É realmente impressionante essa ligação que é simplesmente ignorada, ou desconhecida, pelo Brasil. A chamada *"morabeza"* de Cabo Verde, que é uma expressão em kriolo para se referir ao acolher, receber bem, associada à nossa cultura brasileira, seria uma grande conexão e intercâmbio.

A música mais conhecida de Cesária Évora chama-se *Sodade*, que no Brasil conhecemos como "saudade", celebrada aqui em letra e música Bossa Nova e pela MPB. Lá, composta no ritmo "morna", essa música ganhou o mundo, e não há mesmo como visitar Cabo Verde e já no aeroporto ou no voo de volta não lembrar como essa música faz muito sentido.

No meu caso, me despedi da paisagem "lunar e cinza" da Cidade de Praia e fui vendo o azul do Oceano Atlântico se misturar com o azul do céu, ouvindo essa música e lembrando que tenho a missão de divulgar a cultura de Cabo Verde pelos quatro cantos do Brasil e fazer jus ao carinho que eles têm por nós. Afinal, temos muito o que aprender com esse pequeno país que se reinventa a cada dia. Fazendo uma paródia com o Rei T'Chala no filme *Pantera Negra*: "Cabo Verde para sempre". Que esse *petit pays* (pequeno país) em geografia, mas grande no coração dos que amam música, arte e cultura, cresça e seja ainda mais conhecido no Brasil.

*Um agradecimento especial à professora Izaura Furtado pelos diálogos inspiradores em Cabo Verde. Sem ela, este artigo não seria possível.

O que aprendemos com o caso George Floyd? [27]

Depois da repercussão do brutal assassinato do afro-americano George Floyd na cidade de Minneapolis no dia 25 de maio de 2020, uma série de protestos tomou conta das principais cidades dos Estados Unidos e de outras partes do mundo, como Canadá, França e Inglaterra. Ativistas, celebridades (como Jamie Foxx, Lady Gaga e Beyoncé), empreendedores e cidadãos de diversas classes sociais e etnias foram para as redes sociais pedir justiça e denunciar o racismo institucional que ceifa vidas negras todos os dias, principalmente nos países marcados pela escravidão racial, como os Estados Unidos e o Brasil.

Além de pessoas nas ruas, desta vez ocorreu outro movimento importante: as marcas globais começaram a se posicionar publicamente sobre o caso Floyd e repudiaram o racismo. Horas depois do início do protesto, as duas mais poderosas marcas de calçados do mundo (Nike e Adidas) se engajaram em vocalizar o que seus milhares de clientes estavam sentindo naquele momento de dor. A Nike global lançou a campanha *"Don't do it"*. Logo após, a Adidas compartilhou em seu perfil internacional no Twitter o vídeo da concorrente, algo raro no mercado.

Outra marca que também se posicionou em seu perfil global e no brasileiro foi a Netflix, que lembrou que "ficar em silêncio é ser cúmplice" e citou David, João Pedro e João Vitor,

---

[27] Publicado na revista Exame. https://exame.com/revista-exame/black-money/. 04 de junho de 2020

também mortos em casos de racismo no Brasil. A Amazon Prime também surpreendeu e repostou a mensagem da rival.

Na mesma linha, a Disney (por meio dos perfis Disney Studios, Pixar e Marvel) manifestou solidariedade à comunidade afro-americana. Já a empresa Paramount Pictures usou as redes sociais para condenar o ato de racismo, mostrando um alinhamento de grandes players da indústria global do entretenimento sobre o tema da diversidade.

O assassinato de jovens, em geral moradores de comunidades, tanto no Brasil quanto nos Estados Unidos, não é bem uma novidade, infelizmente. Segundo o Atlas da Violência de 2019 (com referência ao ano de 2017), só no Brasil foram 65.000 assassinatos, sendo negros e negras 75,5% das vítimas! Nessa conta há diversas formas de violência, seja a direta, pelo braço armado do Estado, seja a violência pela falta de oportunidades que empurra a maioria dos jovens de comunidades para a vulnerabilidade e, muitas vezes, para a marginalidade.

O problema da violência policial é mais do que um fato isolado, trata-se de uma sistemática política estatal de "dois pesos e duas medidas". Ao fazer uma abordagem, ou usar a força, há diferença no tratamento quando a pessoa é branca ou negra, principalmente levando em consideração onde ela mora. É raro ver no noticiário ações policiais com vítima ou invasão de residência em bairros com moradores de alta renda nas cidades brasileiras, assim como nos Estados Unidos.

Os protestos mostram que a combinação entre redes sociais e insatisfação generalizada com as condições de vida das populações mais vulnerabilizadas nessa crise está fazendo com que as pessoas estejam mais dispostas a lutar por dias melhores. E aí, onde entra o papel das marcas? Em minhas palestras e consultorias sobre diversidade e inclusão para o setor privado, sempre digo: no contexto pós-pandemia, só serão relevantes as marcas que realmente dialogarem com seus consumidores e apresentarem saídas concretas para essa crise. As marcas citadas no início deste artigo, por exemplo, são focadas principalmente no público jovem e não poderiam ficar de fora dessa conversa tão importante para nossa democracia e para a própria economia. Para nós, fica a reflexão: por que as marcas locais (ou com representação) são tão "tímidas" ao abordar questões que são pertinentes a seus consumidores? O que falta para que elas avancem no tema da diversidade e da inclusão? E, quando falamos de engajamento pela diversidade, não se trata apenas de post em rede social. Estamos falando de geração de oportunidades, cocriação de conteúdo e inclusão na cadeia produtiva.

A comunidade afro-brasileira movimenta 1,7 trilhão de reais por ano, segundo dados da empresa de pesquisa Locomotiva. Esse é o tamanho do setor da economia chamado Black Money. Mas quantas empresas realmente têm estratégias de diversidade? Quantas agências de publicidade possuem planos para a criação de produtos multiculturais? Pense comigo: quanto não se perde financeiramente todos os anos por se ignorar esse público? Devemos lembrar que cada vez mais o "ativismo econômico" é uma realidade no Brasil. As pessoas querem consumir de empresas que estejam do seu lado, principalmente nos momentos mais difíceis. Nesse período de profunda disrupção social, em que falta esperança e há uma descrença generalizada nas instituições, as empresas que possuem propósito e olham além de sua bolha precisam se posicionar, cobrar do Estado o papel dele e, sobretudo, investir em quem mais necessita de apoio neste momento.

Bálcãs: uma Europa diferente [28]

Por causa de uma viagem a trabalho, fiquei três meses morando na Península Balcânica, mais especificamente na Sérvia. Já tinha lido algumas coisas sobre a região, mas nunca imaginei morar e conhecer a fundo uma parte do mundo que, assim como o Oriente Médio e alguns países africanos, é estereotipada como lugar de guerra constante. Escrevi um pouco sobre essa experiência para, quem sabe, encorajar os brasileiros que são como eu, apaixonados por história e viagens, a descobrir mais sobre essa distante região. Visitar os Bálcãs é uma experiência indescritível. Tive a oportunidade de visitar nesse período a Sérvia, Bulgária, Grécia, Turquia e, parcialmente, a Macedônia.

Para quem quiser conhecer a fundo os Bálcãs, uma sugestão é começar pela Sérvia (do original Србиja). A antiga república socialista Iugoslava é, sem dúvida, a que mais guarda as complexidades de uma das regiões mais estratégicas do Hemisfério Norte, pela sua proximidade com a Ásia Menor, a Europa Ocidental e o Norte da África. A história dos sérvios na região dos Bálcãs remete ao tempo das invasões eslavas no século VII, quando esse povo indo-europeu se fixou na região, convertendo-se ao cristianismo ortodoxo (após o famoso cisma da Igreja Cristã), e após 1389 foi anexado ao Império Turco-Otomano, tornando-se cativo por quase 500 anos. Essa ocupação turca moldou não só a visão política da região, como também os costumes, alimentação, música e forma de ver o mundo.

---

[28] Publicado na revista eletrônica Balaio de Notícias. https://www.balaiodenoticias.com.br/

O povo sérvio é fanático por futebol. Um dia resolvi ir com um colega polonês até a Bulgária. Ele tinha que comprar a passagem de volta para Varsóvia, e eu fui com ele porque queria conhecer Sofia, a desconhecida antiga capital comunista. Ao chegarmos à fronteira na parte Sérvia, como de costume, entraram vários policiais para conferir passaportes e descobrir irregularidades. Tudo estava normal, até que, ao chegar a minha vez, o policial começou a falar algumas coisas em sérvio. Eu, temerosamente, pedi para meu colega polonês decifrar aquele "enigma". Uma curiosidade: as línguas eslavas são diferentes entre si, mas possuem similaridades, de modo que, se um sérvio falar pausadamente para um polonês, búlgaro ou ucraniano, eles conseguem se entender.

O policial repetia algumas coisas e eu já estava me arrumando para descer do ônibus e telefonar para a Embaixada Brasileira, quando meu colega finalmente entendeu o contexto. O policial queria saber se eu jogava no Partizan (o principal time da Sérvia), pois reconheceu meu passaporte brasileiro. Depois de alguns minutos, consegui esclarecer o motivo da minha viagem. Então aconteceu a cena mais engraçada da viagem. O policial disse em alto e bom som algo como: "Ah, sim, pensei que você era do Partizan. Eu torço pelo Redstar". Partizan e Redstar são dois clubes criados pelo estadista comunista Joseph Broz Tito para atividades desportivas na ex-Iugoslávia. São adversários, como Bahia e Vitória ou Flamengo e Fluminense. Assim, me safei de ficar "preso" por algumas horas na fronteira!

Partizan foi o nome da guerrilha que lutou contra o nazismo na região, quando alemães e alguns croatas tentaram dominar o então Reino da Iugoslávia. Na época, o jovem Tito era um dos líderes do movimento, que, ao findar a Segunda

Guerra Mundial, tomou o poder, fundando a República Federativa Socialista da Iugoslávia, reunindo sérvios, croatas, bósnios, albaneses, eslovenos e macedônios e proclamando Tito como chefe de Estado durante quase quatro décadas.

Do ponto de vista político, a história da Sérvia é marcada por uma instabilidade quase que constante. Após a difícil libertação do Império Otomano, participaram das Guerras Balcânicas (1912-1913), lutando contra Montenegro, Grécia, Romênia, Turquia e Bulgária para conquistar territórios remanescentes do imenso império que acabara de se esfacelar. Participaram também da Primeira Guerra Mundial (1914-1918) como protagonistas do assassinato do Arquiduque Austro-Húngaro Franz Ferdinand, que foi o estopim para a guerra. Com o desmembramento do Estado Iugoslavo, guerras recentes contra a Croácia e a Bósnia-Herzegovina voltaram a marcar a história do país.

Apesar de não ser um país rico como seus vizinhos ocidentais, a Sérvia, e toda a região dos Bálcãs, tem um bom padrão de vida se o compararmos com a América Latina, Ásia ou África. Talvez isso seja fruto de um recente passado socialista que não permitiu o surgimento de uma burguesia concentradora de riquezas. Na Sérvia, mesmo hoje em dia, o salário de um dentista e de um professor primário não são tão discrepantes, apesar da existência de muitos casos de antigos dirigentes políticos que enriqueceram no processo de privatização de empresas no fim do sistema socialista. Se ainda existisse o chamado "segundo mundo", esses países continuariam nessa categoria.

Ao andar pelas cidades sérvias ou até mesmo conversando com seus habitantes, o visitante terá constantes aulas de história. Seja pelo excelente nível educacional dos sérvios (que são apaixonados por história), seja pela tradição bélica daquele país, que faz com que qualquer cidadão saiba bem o que é o Comunismo, Golpe de Estado e Tribunal de Haia (foro internacional sobre crimes políticos), ou pela cédula de um bilhão, que só dava para comprar um pão e dois ovos, quando a OTAN bombardeou a Sérvia em 1999.

Apesar de tudo isso, pelo menos em tempos de paz, o visitante pode pensar que está no Brasil ao se deparar com tantas similaridades culturais, como o gosto pela diversão e esportes, a hospitalidade ao estrangeiro, o "fazer tudo na última hora" e a propensão a quebrar regras (o famoso "jeitinho"). Outras semelhanças estão na importância dada à família, ao companheirismo e à vida em grupo.

Infelizmente, em termos turísticos, a Sérvia ainda é um país desconhecido. Segundo dados não-oficiais, quando morei lá existiam menos de vinte brasileiros morando lá, e até mesmo os europeus não escolhem o país como destino turístico. Isso se dá em parte pelo preconceito causado pelas notícias sobre os conflitos políticos na região, ou até mesmo pelo pouco investimento do governo local para atrair turistas.

Quem perde é quem deixa de visitá-la, pois se trata de um país com centenas de anos de intensa história e possui belas paisagens naturais, com montanhas, fontes de águas medicinais, rios, lagos e cavernas. Para completar, dezenas de mosteiros ortodoxos que remontam ao período bizantino e uma vida noturna que é considerada uma das melhores da Europa, recheada de kafanas (espécie de tavernas), os tradicionais cafés e boates que pulsam ao som do melhor da música eletrônica internacional.

Assim como na Sérvia, a população negra em outros países da ex-Iugoslávia é quase zero. Esse dado já foi diferente, pois quando a Iugoslávia era umas das principais potências no mundo, disputando com a antiga URSS e EUA a hegemonia político-militar, recebia muitos estudantes africanos. Hoje é mais fácil encontrar "marcianos". Como estrangeiro e "estranho", pude constatar isso.

Talvez por não ter negros residentes, os sérvios não dão demonstrações públicas de racismo ou discriminação como em países da Europa Ocidental. Apesar de que, em uma ocasião em um jogo de Handball, tive de correr de skinheads, mas isso poderia ser em Santa Catarina, no Brasil, também.

No lugar da discriminação direta, há muita curiosidade e, claro, muitos estereótipos em relação a futebol e Carnaval. Já me confundiram com jogador de futebol, DJ, mas nunca com advogado ou cientista. Em contrapartida, andando pelas ruas de Nis, me senti um "superstar", pois perdi a conta de quantos grupos de crianças e jovens me pararam para tirar fotos comigo.

Por falar nisso, há uma história bastante curiosa que me foi contada por uma amiga da Macedônia. Em todo o país há apenas um negro com cidadania e passaporte. Esse senhor nasceu na Nigéria, casou-se com uma mulher macedônia e vive lá há mais de 20 anos. Pois bem, na época que escrevi o texto, esse cidadão, legitimamente, pleiteava um assento na Câmara dos Deputados e poderia vir a ser o primeiro negro a ocupar um cargo público em toda a história da Macedônia.

Como a maioria das cidades do mundo, Nis possui a sua feirinha, que aos domingos tem seu número de visitantes dobrado. Lá é possível achar de tudo: dispositivos eletrônicos, torneiras velhas, roupas falsificadas, CDs piratas e muitas verduras. Especialmente nesse mercado, consegui sentir de fato a influência oriental na cultura sérvia. Ao entrar no local, tive a sensação de estar na Turquia ou na África. O que me chamou mais a atenção nesse passeio foi que todos me perguntavam se eu era mulçumano e faziam uma saudação em árabe para mim.

Dias depois, descobri que, para os sérvios, especialmente os mais velhos, povos de pele escura são todos mulçumanos. Eles têm essa ideia porque no período da ex-Iugoslávia receberam muitos estudantes africanos, que em sua maioria eram islâmicos. Não foi a primeira vez que me confundiram com africanos no exterior. Quando estive nos Estados Unidos e na Alemanha, todos achavam que eu era etíope. Na Sérvia, confirmei que o Ilê Aiyê tinha razão: a identidade afro-baiana não é artificial, ela existe, seja no bairro Curuzu, em Salvador, ou em Belgrado. Ou seja, a cor da pele e o fenótipo afrodescendente sempre nos reconectam com a África.

No Mercado de Nis, conheci um senhor muito interessante. Ao descobrir que eu não era mulçumano, aquele fanático torcedor do Partizan me perguntou em inglês a minha nacionalidade. Ao descobrir que eu era brasileiro, começou a me abraçar e não parou de conversar um minuto. Claro que a conversa começou pelo nosso futebol – Pelé, Garrincha, Santos, Ronaldinho, Kaká. Depois descobri que ele, apesar de arranhar o inglês, falava alemão fluente, pois trabalhou na Alemanha durante três anos, quando conheceu sua esposa filipina e foram morar na Sérvia.

O vendedor me contou que, na verdade, estava fazendo um "bico", pois a situação financeira da família estava cada vez pior. Ele me explicou que, durante o tempo do socialismo, trabalhava para o Estado e tinha seu salário garantido. Mas, depois de ser demitido aos 50 anos, ao ver sua firma privatizada, tinha de vender pôsteres de Lênin na rua para garantir o pão da família.

Conversamos por cerca de uma hora, e só éramos interrompidos quando alguns ciganos chegavam para comprar colheres usadas e pratos com "pequenas avarias". Depois disso, marcamos de nos encontrar no Forte, bairro onde ele morava, às 16h pontualmente. Como combinado, num domingo ensolarado, encontrei meu "fellow" (camarada, como ele me chamava) trinta minutos depois, pedalando uma velha bicicleta, para irmos à sua casa.

Ao chegar ao casebre, me espantei com a pobreza do local. Fui recebido com muita hospitalidade por Dona Meli Kuric, uma enfermeira que deixou as Filipinas na juventude para tentar a vida na Alemanha e morava havia mais de 30 anos na Sérvia. Ela falava quatro idiomas: filipino, inglês, alemão e sérvio.

Naquela tarde, fiquei muito feliz por poder entrar tão profundamente na cultura daquele país e confesso que fiquei emocionado quando o patriarca da família contou chorando como foi difícil durante o bombardeio da OTAN, em 1999, ver sua mulher e filha abandonarem a Sérvia para se refugiar nas Filipinas. Naquele momento, o salário mínimo na Sérvia era de aproximadamente três dólares.

Meu anfitrião não parava de tecer elogios ao Brasil e de contar histórias sobre sua juventude, sobre a política na Sérvia e sobre seu pai, que serviu nas forças armadas de Tito. Ele, como muitos por ali, adorava Joseph Tito, que durante os anos de Guerra Fria transformou a Iugoslávia em um país forte, coeso e autossuficiente. No final, antes de ir embora, tomamos uma dose de Rakia, a cachaça deles, ouvimos o hino nacional brasileiro, que ele tocou em minha homenagem, e recebi os tradicionais três beijos na face, um sinal sincero de respeito e amizade.

Guerra, muita guerra

Política e guerra são duas palavras que estão intimamente ligadas à história do povo sérvio e de todo os países dos Bálcãs. Só nos últimos anos foram mais de cinco guerras. Os sérvios já lutaram para expulsar os turcos (que dominaram a região por 300 anos), protagonizaram o início da primeira Guerra mundial ao assassinarem o imperador austro-húngaro Franz Ferdinand e lutaram ao lado dos aliados contra as tropas de Hitler, que tinham o apoio de Croatas.

Nesses tempos que vivi na Sérvia, ouvi diversas histórias sobre a guerra, umas muito tristes sobre mortos durante aquele período e outras engraçadas. A mais cômica de todas foi a de que no período dos bombardeios da OTAN, em 1999 (que durou aproximadamente 70 dias), em uma região de Nis, durante a noite, o vilarejo começou a sentir um cheiro estranho e insuportável. A primeira suspeita: bomba química (afinal, ataques desse tipo contra civis foram constantes naquele período, inclusive tendo hospitais como alvo). Todos começaram a ficar desesperados, procurando máscaras de gás, deitando no chão e gritando por socorro. Depois de algum tempo, uma senhora bastante encabulada foi confessar que na verdade a culpa era dela. A "terrorista" tinha saído para fazer compras e esquecido um doce cozinhando no fogão. Depois de quase uma hora, o doce tinha queimado bastante, provocando a tal "reação química".

Bulgária

Assim como os sérvios, os búlgaros descendem dos povos eslavos e têm idioma e costumes semelhantes. A relação entre a língua búlgara e sérvia é como o português e o espanhol. Sendo que, assim como no caso dos falantes do português, os sérvios têm mais facilidade de entender o idioma búlgaro do que o contrário. A antiga República Popular da Bulgária era também um país socialista e de fé ortodoxa – aliás, um motivo que une culturalmente países como Bulgária, Sérvia, Grécia, Rússia e Ucrânia.

Meu primeiro choque cultural na Bulgária foi o idioma. Diferente da Sérvia, que usa o alfabeto cirílico e o latino, a Bulgária só usa o cirílico. Em outras palavras (desculpem o trocadilho), você fica completamente perdido na cidade, não há a menor possibilidade de entender ao menos uma frase se você só conhece o alfabeto latino. Pude confirmar o que eu achava ser um mito. Os búlgaros balançam a cabeça para o lado esquerdo e direito para dizer "sim" e para cima e para baixo para dizer "não".

Vocês podem imaginar a confusão que isso pode dar, não é? Diferente dos vizinhos balcânicos da ex-Iugoslávia, a Bulgária passa por um período de estabilidade política que garante um aumento no número de investimentos estrangeiros, sobretudo após a entrada do país na OTAN em 2004 e, junto com a Romênia, na União Europeia em 2007. Nos últimos anos, a economia do país vem crescendo em uma média anual de 4%.

Apesar disso, o país sofre muito com a adaptação de um povo que se acostumou ao sistema socialista, no qual o governo provê praticamente tudo, para um capitalismo competitivo, em que o empreendedorismo e a inovação são dinâmicas mais que necessárias. O resultado desse choque é o aumento da distância entre as classes sociais e da violência. A corrupção é também uma marca nesse processo, sobretudo na Bulgária, que tinha, mesmo na época do socialismo, uma das polícias mais corruptas do mundo.

A Bulgária é um belíssimo país, que tem o privilégio de ter acesso ao Mar Negro e possui "somente" 7.000 anos de história. O governo búlgaro estava investindo pesado em marketing turístico para aumentar o potencial econômico local. Somente nos anos de 2006 e 2007, recebeu cerca de 15 milhões de visitantes, que gastaram mais de quatro bilhões de euros.

Sofia fica a três horas de Nis, ao sul da Sérvia. Nas ruas de Nis, é impossível caminhar sem dar risada com o número de carros velhos, porém conservados, que desfilam suntuosamente. O principal deles é o Yugo, carro fabricado na ex-Iugoslávia pela fábrica estatal Zastava e que foi uma espécie de Lada, o carro russo que fez sucesso no Brasil nos anos 90. O Yugo se assemelha um pouco ao Uno da Fiat, pelo tamanho e design, mas o mais curioso é que existe um defeito de fábrica: com qualquer chave é possível abrir seu porta-malas. Ainda bem que a Sérvia é bastante segura e a criminalidade bastante baixa, porque se fosse no Brasil...

Depois de entrar na União Europeia, a Bulgária tem recebido muitos investimentos estrangeiros. Após décadas sob o sistema socialista, agora a nação desfruta de um boom capitalista. Lojas, shopping centers, boates, shows e muita publicidade. Vale dizer que na época da ex-Iugoslávia a economia búlgara era sinônimo de piada, pois a os iugoslavos estavam bem à frente em termos econômicos. Os antigos países iugoslavos (com exceção da Eslovênia) viam com certa "inveja" a crescente prosperidade do ex-vizinho pobre.

Apesar dos problemas sociais que se agravam à medida que a Bulgária entra na dinâmica do capitalismo internacional, o país tem desenvolvido bastante suas indústrias e conta com uma moderna infraestrutura turística que faz inveja a seus vizinhos balcânicos (com exceção da Grécia e Turquia, é claro). A cidade de Sofia, capital do país, faz parte da rota dos grandes shows internacionais e possui uma série de monumentos históricos que atraem milhares de turistas todos os anos. Um exemplo é a Catedral Alexander Nevisk, construída em 1882 e um dos principais símbolos da cidade. Um dos momentos mais emocionantes da minha estadia em Sofia foi quando a visitei.

Na Bulgária, 82% da população professa o cristianismo ortodoxo – em minha vida, nunca pude sentir tanta paz ao adentrar um templo religioso. Lá, diferente das igrejas católicas, não há tanto ouro e imagens nas paredes, as igrejas em geral são mais simples, apesar de manterem lindos painéis com a imagem de Cristo (que, para eles, não é loiro, uma dedução no mínimo lógica) e de santos como São Nicolau (que deu origem ao nosso Papai Noel). Assim como no Brasil, Cosme e Damião são muito populares nos Bálcãs, e no dia deles há festividades onde se distribuem doces para crianças. Eles só não fazem caruru, é claro.

Além dos monumentos históricos e da vida noturna, a Bulgária conta com um litoral, o famoso Mar Negro, uma preciosidade excêntrica dos Bálcãs. Em termos de estilo de vida, o búlgaro é discriminado pelos vizinhos por ser um tipo um pouco estranho. Apesar disso, a Bulgária medieval foi o mais importante centro cultural dos povos eslavos no final do século IX e por todo o século X, e o país é considerado o berço do alfabeto cirílico, embora haja controvérsias.

Turquia

A Turquia é o país mais asiático da Europa. Também situado na Península Balcânica, exerce uma forte influência política e econômica na região e desfruta de uma posição privilegiada por ter literalmente metade do seu país em solo europeu e metade em solo asiático, em um território de 5,6 milhões km². Essas vantagens foram conquistadas, é claro, como fruto de constantes batalhas e genocídios, e pela herança do bélico Império Otomano, que durou até 1922. O antigo império estendia-se desde o Estreito de Gibraltar, a oeste, até o mar Cáspio e o Golfo Pérsico, a leste, e desde a fronteira com as atuais Áustria e Eslovênia, ao norte, até os atuais Sudão e Iêmen, no sul.

A Turquia, que também pleiteia espaço na União Europeia, teve sua entrada negada por ainda cometer crimes contra os direitos humanos (em especial, com a minoria de curdos e o não reconhecimento do genocídio dos armênios no início do século passado). Um outro fator é por não ter ainda reconhecido a República de Chipre – as tropas turcas ainda ocupam o norte do país.

Apesar dos problemas evidentes na política nacional e internacional, a Turquia é uma república democrática, multipartidária e secular, com cidades prósperas, como Istambul e Ancara, e com crescimento acelerado na política macroeconômica. A moderna Turquia foi fundada por Mustafa Kemal Atatürk, considerado herói nacional, que fez reformas fundamentais para o desenvolvimento do país, como a separação da igreja do Estado. Atatürk é considerado o "pai dos turcos".

Um ponto de destaque na Turquia são as belezas naturais e os sítios históricos. Cidades como Istambul (antiga Constantinopla) e Tróia já dizem por si só o nível de importância para a história mundial que o atual território da Turquia possui. Ainda para os que gostam da história do cristianismo, as principais igrejas do Apocalipse estão naquela região, como as de cidades como Éfeso e Laodicéia. Vale ressaltar uma curiosidade: apesar da importância histórica para o cristianismo, a Turquia é majoritariamente muçulmana (cerca de 90%). Só em Istambul existem aproximadamente 1.000 mesquitas. Um dos temas mais polêmicos das relações diplomáticas com o Ocidente. Apesar desses desafios, a Turquia permanece como um importante elo entre culturas, influenciando tanto o Oriente quanto o Ocidente, com suas ricas tradições, gastronomia e expressiva diversidade cultural.

Uma Europa realmente diferente

Minha jornada pelos Bálcãs, marcada por encontros inesperados, histórias comoventes e uma imersão em culturas que atravessam milênios, transformou meu entendimento da Europa e do mundo. Essa região, frequentemente reduzida a um estigma de instabilidade e conflitos, é na verdade um caleidoscópio de identidades e vivências que revelam a complexidade da história humana.

Por trás de cada pedra de suas construções milenares e em cada rosto de seus habitantes, percebi uma mistura única de resiliência e esperança. Cada conversa que tive, das tavernas em Belgrado às praias do Mar Negro, ecoou um desejo de pertencimento e de superação dos traumas do passado. Assim como o Brasil, os Bálcãs são um lugar de contrastes, de paradoxos e de um profundo senso de comunidade. Suas paisagens, desde os picos montanhosos até os vales férteis, não são apenas geográficas, mas metafóricas, mostrando como os

Bálcãs se erguem e caem, se fragmentam e se unem, tal como a própria natureza humana.

Explorar os Bálcãs é descobrir um mosaico onde as cicatrizes da guerra convivem com a força da reconstrução e onde, apesar de tantas divisões, a unidade se manifesta em pequenos gestos de acolhimento e solidariedade. É um lugar que não se limita ao que a história oficial narra, mas que se reconta a cada interação, em um eterno esforço de autocompreensão e renascimento. Deixar-se tocar por esse lado diferente da Europa é, no fundo, um convite a enxergar o mundo com olhos mais atentos, livres de preconceitos, e a valorizar a beleza que emerge, não só do que é visível, mas também do que é compreendido.

A experiência nos Bálcãs é uma prova de que há sempre mais por trás das manchetes e dos rótulos. É uma lembrança de que, por mais distintos que sejamos, as nossas histórias se entrelaçam, e é nesse emaranhado de destinos que encontramos um sentido maior. É, enfim, um lembrete de que, independentemente das fronteiras geográficas ou culturais, somos todos parte de uma história compartilhada, que merece ser vivida e recontada com humanidade e empatia.

O legado de Abdias Nascimento para o futuro da comunidade afro-brasileira [29]

O Brasil perdeu um dos seus mais importantes líderes na luta pelos Direitos Humanos. Aos 97 anos, morreu no Rio de Janeiro, no mês de maio de 2011, o escritor, jornalista, ex-senador, dramaturgo e pintor Abdias Nascimento. Considerado o mais importante ativista negro depois do lendário Zumbi dos Palmares, Abdias representa para os negros brasileiros algo semelhante ao que Nelson Mandela representa para os sul-africanos, ambos com uma biografia dedicada à luta contra o racismo em seus países.

A história de Abdias Nascimento confunde-se com a própria luta pela igualdade racial no Brasil durante o século XX. Sua militância começou na juventude, quando, ainda na década de 1930, participou da Frente Negra Brasileira, o primeiro movimento nacional contra o racismo desde a abolição. Em 1944, ele fundou com outros ativistas, artistas e intelectuais negros o Teatro Experimental do Negro, uma companhia que tinha como objetivo protestar contra a falta de negros na dramaturgia brasileira, apresentando alternativas práticas a esse cenário. Além do mais, Abdias foi o primeiro senador negro do Brasil e um dos primeiros legisladores a abordar medidas de reparação para os descendentes de africanos escravizados no Brasil. Seus discursos memoráveis no Senado Brasileiro

---
[29] Publicado na revista America Quartely. https://americasquarterly.org/blog/morreu-o-maior-lider-negro-brasileiro-do-seculo-xx/ 6 de julho de 2011

foram iniciados com um pedido de proteção às divindades africanas, nas quais acreditava com orgulho.

Abdias foi embaixador da causa negra brasileira no exterior. Exilado nos Estados Unidos durante os anos da Ditadura Militar no Brasil, o ativista entrou em contato com dezenas de líderes importantes afrodescendentes da África e demais países da diáspora. Na condição de professor convidado por universidades prestigiadas, como a Yale School of Dramatic Arts, o escritor sempre se dedicou à divulgação da história e cultura dos povos negros do Brasil. Suas denúncias nos fóruns internacionais fizeram de Abdias uma persona non grata para o establishment brasileiro, que refutava veementemente sua crítica à falsa democracia racial brasileira. Autor de mais de vinte livros sobre o racismo brasileiro, Abdias foi reconhecido internacionalmente por sua sensibilidade artística expressa em quadros que representam o panteão de deuses afro-brasileiros, representados em obras guardadas pelo acervo do Instituto de Pesquisa e Estudos Afros Brasileiros - IPEAFRO [30], instituição que criou junto com sua segunda esposa, a pesquisadora Elisa Larkin Nascimento.

Em 2011, o escritor foi homenageado pelo Schomburg Center for Research in Black Culture, centro de referência mundial em artes negras na cidade de Nova Iorque, com o Prêmio Herança Africana, comemorativo dos 75 anos da instituição. A comissão de seleção dos premiados foi composta pelo ex-prefeito de Nova Iorque, David N. Dinkins, pela poetisa Maya Angelou, pelo cantor Harry Belafonte, pelo ator Bill Cosby, pelo professor Henry Louis Gates, da Universidade de Harvard, e pelo cineasta Spike Lee. No início daque-

---

[30] http://www.ipeafro.org.br/home/br/acervo-digital/24/49/69/obras-abdias-nascimento

le ano, Abdias havia sido indicado para o Prêmio Nobel da Paz por organizações da sociedade civil, indicação endossada pelo Governo Brasileiro.

Uma das últimas aparições públicas de Abdias foi na visita do então presidente dos EUA, Barack Obama, ao Brasil no mês de março do mesmo ano. Eu estava lá. Bastante debilitado, mas mostrando a mesma garra e verdade que lhes eram típicas, o ex-senador aceitou o convite de ouvir o discurso do presidente no mesmo teatro onde, mais de 60 anos antes, ele havia quebrado o tabu do racismo para encenar uma peça com atores negros: o Theatro Municipal do Rio de Janeiro. Na oportunidade, declarou que o fato dos Estados Unidos terem elegido um presidente negro seria uma lição para o Brasil.

No mês de abril, poucos dias antes da morte de Abdias, o Sindicato dos Jornalistas do Rio de Janeiro, por meio de sua Comissão de Jornalistas pela Igualdade Racial, lançou um prêmio nacional para estimular a diversidade na mídia com o seu nome. O jornal New York Times, em sua edição de 31 de maio do mesmo ano, fez um obituário sobre o escritor.

Somente as gerações futuras conseguirão avaliar o impacto da mensagem de Abdias na sociedade brasileira, seja em termos culturais, políticos ou sociais. O que sabemos por hora é que o Brasil ficou mais pobre sem a presença desse nobre guerreiro, que viveu mais de 80 anos lutando por um mundo sem racismo e discriminação.

Uma rocha de esperança – Memorial Martin Luther King Jr.[31]

Memorial em homenagem a Martin Luther King Jr. emociona comunidade negra nos EUA.

Washington D.C. - O som não chegava ao fundo do imenso parque nos arredores de onde fora inaugurada a primeira estátua de um homem negro, no mais importante memorial dos Estados Unidos, o National Mall. A multidão, revoltada, reclamava em coro: "Não dá para ouvir nada!". Os técnicos de som tentavam resolver o problema. "Isso é boicote do *Tea Party*", gritou alto uma senhora negra. O comentário provocou risos. A piada era perfeita para a situação, afinal, o *Tea Party* é um movimento considerado extremista pelos Democratas e grupos progressistas que ganhou força política nos últimos anos, tornando-se um dos mais radicais opositores do presidente Obama.

O dia é histórico. Depois de mais de 40 anos do assassinato do maior líder da história recente dos EUA, finalmente Martin Luther King Jr. teve seu legado oficialmente reconhecido. Em 16 de outubro de 2011, ele foi legitimado no panteão dos heróis da nação estadunidense.

O monumento de nove metros é composto pela imagem do pastor em relevo, dentro de uma rocha, em referência a um dos seus famosos discursos, no qual usou uma metáfora para explicar a luta pelos direitos civis: "fora da montanha

---

[31] Publicada na revista eletrônica Balaio de Notícias: https://www.balaiodenoticias.com.br/artigos-e-noticias-ler.php?codNoticia=60&codSecao=11&q=Uma+rocha+de+esperan%E7a .Dezembro de 2010

do desespero, uma rocha de esperança". O local escolhido é bastante especial. Somente os chamados "pais da nação" têm sua imagem nesse espaço. George Washington, Thomas Jefferson, Abraham Lincoln e Franklyn Roosevelt, todos ex-presidentes, agora dividem sua glória com aquele que mudou a história do país que, até a década de 1960, ainda possuía banheiros separados para negros e brancos.

No palco, autoridades e ativistas dividiam o espaço para saudar as mais de 50 mil pessoas presentes naquela manhã de outono em Washington D.C. A multidão era amplamente negra. Jovens, adultos e idosos. Alguns até mesmo conheceram o Dr. King ou assistiram pela TV a notícia do assassinato do pastor que, à época, tinha apenas 39 anos. Muitos, inclusive, participaram dos protestos que explodiram em várias partes do país após a informação de que o líder do movimento fora assassinado por motivo político.

Na mesma Washington onde a estátua de King estava sendo inaugurada, vários bairros ficaram completamente destruídos pela revolta popular. E só foram reformados no final dos anos 1990, para a chegada da classe média branca, com o processo de expulsão dos negros, latinos e pobres, conhecido em inglês como *gentrification*.

Vermelho, verde e preto eram as cores das bandeiras vendidas na multidão por três dólares. "A bandeira é o símbolo da *Black America*", dizia o vendedor. A senhora de cabelo grisalho também estava emocionada com o dia histórico e comprou o broche com a inscrição "Memorial Martin Luther King: eu fui!". Perto dali, dezenas de turistas, em sua maioria asiáticos, buscavam o melhor ângulo para tirar foto da Casa Branca, parecendo não entender bem o que estava acontecendo na *Chocolate City*, que tem uma das maiores concentrações de negros dos Estados Unidos.

Apesar de histórico, o evento foi controverso, e tinha sido adiado por força de um inesperado furacão que atingira a Costa Leste dos EUA aproximadamente dois meses antes. A poetisa Maya Angelou reclamou da frase escolhida para o monumento, os artistas questionaram o fato de o escultor da obra não ser afro-americano – seu autor, o artista Lei Yixin, é chinês.

De fato, o dia 28 de agosto era a data exata onde, a poucos metros de onde está o monumento, há 43 anos, Martin Luther King Jr. fez seu mais famoso discurso, que, apesar de ser chamado de "Eu tenho um sonho", na verdade, não tinha um título definido. Segundo a versão dos que estavam presentes no dia, a parte do sonho foi um improviso que havia ocorrido depois de uma pessoa do palco, amiga de King, instigar o carismático orador a falar de seus sonhos.

Voltando à inauguração do monumento, milhares de pessoas estavam sentadas em cadeiras de aço providenciadas pela produção do evento; outras, entretanto, trouxeram as suas de metrô. A distância entre a estação e o monumento é longa, mas parecia valer a pena ser superada. Essas pessoas doaram alguns dólares para a construção do projeto, que custou US$ 120 milhões. Ver a obra finalizada e o discurso do presidente era o que motivava a caminhada.

A maioria usava um boné branco distribuído na entrada do evento. Na parte frontal, lia-se: *Martin Luther King Jr.: a vida, o sonho e o legado*. Já na parte de trás a marca do patrocinador, Tommy Hilfiger, a famosa grife de luxo que tentava reverter um suposto *spam* que circulava havia anos na internet, no qual o dono da empresa teria dito que não tinha criado a marca para negros usarem. O estilista já foi ao programa de Oprah Winfrey desmentir o boato, que ainda circula em caixas de e-mail de todo o mundo. A repercussão negativa do caso provavelmente fez com que a empresa decidisse apoiar o histórico evento.

Discursos

O clima de calmaria mudou complemente quando o microfone foi passado para um dos maiores ativistas negros contemporâneos, o reverendo e comunicador Al Sharpton. "Nós não estamos aqui por causa do Obama, estamos aqui por causa de nossas *mamas*", gritou ironicamente o ex-candidato a prefeito de Nova Iorque, referindo-se à necessidade de dar continuidade ao legado de King, Rosa Parks e de outros heróis da luta pelos direitos civis nos EUA.

Outro que fez um discurso inflamado foi o pastor Andrew Young, dono de um canal de TV em sinal aberto, o Bounce TV. *"We left the outhouse to come to the White House".* A forte frase, que perde a rima em português, pode ser livremente traduzida como: "nós saímos da senzala e chegamos à Casa Branca".

Sharpton e Young integravam o grupo de líderes negros que continuavam apoiando o primeiro presidente afro-americano da história, assim com a maioria dos presentes. Porém, não foi assim com todos que declararam suporte a Obama em 2008. Influentes líderes, como o filósofo e professor da famosa Princeton University, Cornel West, e o comunicador Tavis Smiley, estavam cobrando publicamente mudanças no país, que via sua economia sendo deteriorada, a classe média empobrecendo e uma comunidade negra com alto nível de desemprego.

Críticos dizem, entretanto, que a verdadeira razão para o rompimento público desses líderes teria sido o distanciamento que o outrora amigo pessoal tomou após Obama assumir o posto de presidente. "Eu acho que ele tem mantido distância de mim. Não há dúvidas que ele não quer ser identificado com um negro esquerdista. Eu estou falando de uma ligação, cara. Isso é tudo...uma ligação particular", disse o escritor Cornel West ao *New York Times*. Seja como for, o descontentamento com a crise econômica e o desemprego eram percebidos em todas as partes do país. Na tarde daquele domingo, Cornel West foi preso depois de se recusar a sair das escadas da Suprema Corte em Washington durante o protesto "Ocupe D.C.".

Emoção

O projetor começa a exibir uma imagem que causa frisson no público presente. O casal Obama aparece com suas filhas. Berenice King e Martin Luther King III, filhos do líder negro, seguem ao lado do presidente. Um coral gospel canta "glória, glória, aleluia" ao estilo das igrejas negras do Harlem. Na plateia, uma senhora grita "amém". Não é um culto evangélico, mas, para os negros americanos, política e fé parecem ser coisas indissociáveis. Foi assim com Marcus Garvey (Ortodoxo africano), Malcom X (mulçumano) e o próprio Martin Luther King (evangélico).

Obama inicia o discurso e é interrompido pela multidão, que grita: "mais quatro anos, mais quatro anos!". Um manifestante surge na multidão descontrolado, gritando palavras desconexas contra o presidente, e é "convidado a se retirar" pelo forte esquema de segurança. A multidão aplaude a iniciativa.

Obama, que está em outro palco, por motivos de segurança, não vê a confusão e segue seu discurso evocando o legado de Dr. King. "É importante neste dia lembrarmos que o progresso não chega facilmente (...) Nós nos esquecemos, mas, durante sua vida, Dr. King nem sempre foi considerado uma figura de unidade. Ele foi atacado até mesmo pelo seu próprio povo, os que achavam que ele estava indo rápido demais ou os que achavam que ele estava muito devagar".

Ainda se lembrando da mensagem política de Luther King, Barack Obama surpreende ao dar apoio indireto ao movimento que vem questionando o poder das corporações. "Se estivesse vivo hoje, ele iria nos lembrar que o trabalhador desempregado está certo em questionar os excessos de Wall Street, sem demonizar todos os que trabalham lá". A frase é uma referência ao movimento "Ocupe Wall Street", que começou com uma pequena manifestação de movimentos antiglobalização, anarquistas e hackers, e ganhou apoio de figuras como os escritores Noam Chomsky, Naomi Klein e o polêmico cantor Kanye West. Stevie Wonder encerra a cerimônia. Antes dele, o público já havia assistido a performance de Aretha Franklin, que também cantou na posse de Obama em janeiro de 2009, quando o país ainda estava repleto de esperança.

Poder econômico

Na plateia, um senhor negro de 84 anos contempla a música. Sentado com as pernas cruzadas, ele está vestido de maneira muito especial. Chapéu panamá, lenço vermelho no paletó e suspensório. Ele veio do Alabama, sul do país, e chegou sozinho só para prestigiar o evento. Entre seus amigos está o homenageado do dia, de quem foi companheiro na Marcha sobre Washington por Trabalho e Liberdade em 1963.

"Conheci todos eles: King, Rosa Parks e outros que você nem vai saber quem é", diz o pastor Al Dixon. Mas é quando fala da questão econômica que o senhor Dixon mostra sua paixão e revela: "Dr. King tinha muita preocupação com o desenvolvimento econômico da comunidade negra. A luta de King era por *silver rights*, não somente por *civil rights*", enfatiza, fazendo referência à necessidade da comunidade negra ter acesso ao capital financeiro.

Al Dixon possui um abrigo para centenas de pessoas e é proprietário de um jornal na cidade de Tuskegee. Para ele, o problema com o desemprego na comunidade negra tem um motivo: a falta de empreendedorismo da juventude negra. Depois da integração na sociedade branca, os afro-americanos teriam perdido seus negócios com a ilusão de que poderiam trabalhar para as grandes corporações. "Hoje o jovem entra na universidade, pega o diploma e quer ser empregado nas empresas dos brancos, nas grandes corporações. Eles deveriam buscar ser proprietários de negócios. Antes pelo menos tínhamos hotéis, jornais e clubes, agora não temos nada". Ele não deixa de ter razão. No Brasil, reflito, a situação é muito pior.

O Vale do Silício da Alegria

O CEO do Fórum da Câmera de Comércio Americana (AMCHAM) me convidou para palestrar no evento anual deles aqui em Salvador, Bahia. O tema dessa edição, "Felicidade como estratégia de negócios", me fez refletir bastante sobre o que falaria. No encontro, tive acesso a vários conceitos globais sobre Felicidade, incluindo as pesquisas feitas pela Universidade Harvard, e descobri, inclusive, que eles possuem um curso de mestrado dedicado apenas a estudar o tema. Ao analisar a situação, tive um *insight*. Não precisamos de estadunidense algum para nos ensinar o tema em que somos experts.

Iniciei minha apresentação indagando a plateia formada pelo C-level das maiores empresas da Bahia e do Brasil com a seguinte questão: qual é a maior *commodity* brasileira? Pois bem. Uns responderam "soja", outros disseram "café" e alguns arriscaram "laranja". Porém, fui enfático ao dizer: "nossa maior *commodity* é a alegria!", para o espanto dos convidados daquele evento de alto nível, que foi realizado na região mais comercial e rica de Salvador.

Sim, caros leitores, e se a nossa maior *commodity* é a alegria, a Bahia é o epicentro dessa produção. Parem para pensar. Nós somos conhecidos no mundo justamente por esse *soft power* incrível. Dos 25 países que já visitei ou vivi, em nenhum deles senti hostilidade por ser brasileiro. Muito pelo contrário. Quando sabiam que eu era do país que possui a camisa verde e amarela, todos me tratavam muito melhor. E foi assim que ganhei descontos no Grand Bazar em Istambul; que deixei de ser preso por não ter visto para entrar na Macedônia; que escapei de ser detido por filmar sem o devido visto de cineasta em Gana; ou que me pagavam drinks nas boates do interior da Sérvia.

Nosso maior ativo são os símbolos que representam a nossa alegria: o samba, a caipirinha, a batida do Olodum, a sandália Havaianas e, claro, o futebol. No evento, o pesquisador e consultor Vinicius Kitahara apresentou os elementos que Harvard considera fundamentais para exercer a felicidade: comer juntos, beber juntos, aprender juntos, se divertir juntos e sofrer juntos.

Em todos eles, gabaritamos aqui no Brasil. Somos uma sociedade bastante extrovertida e sociável, em especial no Norte e Nordeste. Eu amo andar de metrô e a pé por Salvador e fico admirado com o nível de extroversão das pessoas aqui.

Você vai ver comemoração de aniversário em transporte público, pessoas falando de suas vidas para estranhos em fila de banco, coral musical espontâneo em feira popular e outras coisas fenomenais que um dia espero documentar em algum livro de crônicas.

Sobre esse assunto do protagonismo baiano em matéria de alegria, lembrei-me do filme *Happy*, que é um documentário de 2011 dirigido, escrito e coproduzido por Roko Belic. O filme explora a felicidade humana por meio de entrevistas com pessoas de todas as esferas da vida em 14 países, tecendo as mais recentes descobertas da psicologia positiva. Tive o prazer de trabalhar na sua produção, que teve partes filmadas em Salvador e em Itacaré. Nesse projeto foram entrevistadas pessoas como o líder espiritual Dalai Lama e Mihaly Csikszentmihalyi (criador da Psicologia Positiva), e a Bahia não foi escolhida por acaso.

O que é engraçado é que às vezes não nos damos conta de como essa nossa brasilidade é um ativo econômico ou não nos beneficiamos bem dela. Só no Nordeste (onde a alegria é ainda mais concentrada), temos um Caribe (Maragogi), um imenso "eco resort" a céu aberto (Chapada Diamantina), a Baía de Todos os Santos etc. A lista é enorme de recursos naturais que, se somados aos recursos humanos, deveriam nos colocar no topo da escala global de Felicidade.

Fiquei surpreso que existe até um livro sobre o assunto, em que Harvard, localizada na fria e impessoal cidade de Cambridge, é autoridade. *O jeito Harvard de ser feliz: o curso mais concorrido de uma das melhores universidades do mundo*, de Shawn Achor, é um livro que aborda esse assunto. Queria muito que fosse a UFBA ou a UNEB a referência mundial nesse assunto e que pessoas como Riachão, Makota Valdina e o professor Ubiratan Castro fossem entrevistadas em vida sobre esse assunto.

Era para usarmos aqui na Bahia, por exemplo, o *branding* da felicidade de maneira muito mais estratégica. Não somente como slogan de marketing, mas como uma forma de atrair os nômades digitais, mochileiros e pessoas que tiveram crises psicológicas nos seus trabalhos (o famoso *burnout*) e dar para eles a possibilidade de passar um dia na sede do Cortejo Afro, de Alberto Pitta, em Pirajá, também em companhia de Mãe Nívia Luz, conhecendo as ervas sagradas; de se hospedar no Curuzu para aprender o toque dos tambores do Ilê Aiyê e dar risada com os tios que jogam dominó na rua; passar um dia na Ilha de Maré, com as marisqueiras e pescadores; ver os sambas lindos compostos pelo griô Tamoace (Escurinho), na Rua Alaíde do Feijão; aprender o que é o ijexá com Nadinho do Congo; ver o Olodum tocar nas ruas do Pelô e gritar "Faraó" tomando uma dose de cravinho; comer uma moqueca ou um Arroz de Haussá no Axêgo; dar um abraço e fazer tranças em Nega Jhô; praticar *stand up paddle* ou andar de canoa havaiana na comunidade do Solar do Unhão; e visitar as cidades históricas de Cachoeira e Santo Amaro, consideradas berço da cultura afro-brasileira e onde nasceu o Samba, por exemplo. São experiências que, garanto a vocês, todas as pessoas deveriam fazer uma vez na vida.

Porém, citei no evento algo que me deixa muito incomodado. No World Happiness Summit, que aconteceu nos dias 19 e 20 de março em Londres, foi lançado o relatório mundial de felicidade do ano de 2024 (*World Happiness Report*), e lá performamos muito mal. Estamos na posição 44, atrás de países com grandes problemas sociais como El Salvador e Honduras, e se olharmos o topo desse ranking, veremos quatro países extremamente frios, a saber: Finlândia, Dinamarca, Islândia e Suécia; e um em eterno conflito bélico com seus vizinhos, Israel. O que explicaria isso já que, na minha opinião, ao lado da Colômbia, de fato, somos o país mais alegre do mundo, ao menos entre os que eu visitei? Preciso ainda ir ao Butão, onde foi criado o conceito de Felicidade Interna Bruta (FIB) pelo rei do país, Jigme Singye Wangchuck, em 1972.

O fato é que Alegria é diferente de Felicidade. Alegria é um estado passageiro, já a Felicidade tem a ver com o bem-estar e, consequentemente, está ligada a indicadores sociais. E nesse quesito, nossa nota é merecidamente baixa, pelo nosso histórico de iniquidades sociais. Nesse sentido, falei no evento que estamos perdendo a batalha da Alegria para a Tristeza.

Aquele foi um dia atípico e um dos mais difíceis para mim. Passei uma parte da minha manhã no subúrbio de Salvador, especificamente no Cemitério de Periperi, onde fui ao enterro do filho de um dos meus melhores amigos, que considerava um sobrinho. Na noite do mesmo dia, fui em um dos principais eventos corporativos do Brasil. Definitivamente, foi um dia muito difícil para mim, que me fez refletir muito sobre os dois mundos que coabitam uma mesma cidade. A causa da morte foi o suicídio. Era um jovem da geração que mais sofre com problemas de saúde mental de toda a história.

A taxa de suicídio entre jovens brasileiros de 10 a 24 anos aumentou no ritmo de 6% ao ano na última década. Já o risco de suicídio entre jovens negros do sexo masculino entre 10 e 29 anos é 45% maior do que entre jovens brancos da mesma faixa etária. Os dados são de pesquisa realizada pelo Ministério da Saúde e pela Universidade de Brasília (UnB), publicada em 2018. A diferença é ainda mais relevante entre os jovens e adolescentes negros do sexo masculino, uma vez que a chance de suicídio é 50% maior nesse grupo. As causas são muitas: falta de perspectivas, dificuldade de autoaceitação, excessiva digitalização da vida (que nos leva à solidão e angústia), certa glamorização do pessimismo, niilismo exacerbado e uma valorização da autodestruição. Basta ver as letras das músicas atuais.

Como podemos resgatar e preservar o nosso maior ativo nacional, a nossa alegria? Como parar essa hecatombe geracional que empurra nossa juventude para o campo de guerra do tráfico de drogas ou da batalha pela sanidade mental?

É uma pergunta com difíceis respostas, mas, ao meu ver, vai ser necessário muito investimento em políticas públicas, comprometimento das empresas e um pacto supra religioso para focar em construir uma rede de bem-estar coletivo. Problemas complexos exigem respostas complexas.

Música, arte-educação, esportes, vida digna e renda são elementos dessa teia que chamamos felicidade. Que a gente consiga no futuro melhorar nossa posição no ranking global de felicidade e assumir o papel que nos é de direito: o de uma nação que inspira felicidade para o mundo. Como disse certa vez Makota Valdina (1943-2019), com quem tive o prazer de conviver e aprender muito: "A filosofia bantu nos ensina que nós somos como o sol, nascemos para brilhar, para ser feliz. A gente não nasceu para ser infeliz, nascemos para ser felizes (...) porque todo ser humano nasce com seu raio de sol".

Contatos para palestras, consultorias e mentorias
contato@casefala.com.br
www.paulorogerionunes.com.br

Redes Sociais:
Instagram: @paulorogerio_ba
Linkedin: Paulo Rogério Nunes

Esta obra foi composta em Arno pro 12 para a Editora Malê e impressa em papel pólen 80 pela gráfica Trio, em novembro de 2024.